Dos caminhos onde andei

Aloísio de Almeida Prado

Dos caminhos onde andei

Editora
Novo Conceito

1ª edição – abril de 2006

Capa e projeto gráfico: Ana Solt
Preparação de texto: Parolaccia
Revisão de texto: Mitiyo Santiago Murayama
Diagramação: Alfredo Carracedo Castillo

Dados Internacionais de Catalogação na Publicação (CIP)
(Câmara Brasileira do Livro, SP, Brasil)

Prado, Aloísio de Almeida
Dos caminhos onde andei / Aloísio de Almeida Prado.
— São Paulo: Novo Conceito Editora, 2006.

ISBN 85-99560-08-5

1. Contos brasileiros 2. Memórias autobiográficas
3. Prado, Aloísio de Almeida I. Título.

06-2488 CDD-869.93

Índices para catálogo sistemático:

1. Contos: Literatura brasileira
869.93

Editora Novo Conceito

www.tecmedd.com – editora@tecmedd.com
Matriz (16) 3512-5500
Centro do distribuição SP (11) 3512-5500

Sumário

Prefácio

Nossa localização, nossas coordenadas, nossa amizade

Pleistocênico, monocotiledônea, Mitterlich, ardor genésico, nível quântico, ph, logaritmo, espectômetro, heterozigoto, azimute, hidrólise, hévea, inelasticidade, peristaltismo, tectônica, osmose, sericicultura, teodolito, bromatologia e a fabulosa e inesquecível orogênese, a origem de tudo.

Quando cheguei de Campinas para estudar agronomia na ESALQ, em Piracicaba, eu tinha 17 anos. Povoavam-me os sonhos e a vontade de vestir-me e sair para abraçar o mundo. Nem que ele viesse vestido com essa sopa de palavras neutras que brotariam das gargantas sábias dos mestres.

Eu não estava preparado para a diversidade das pessoas que habitariam meu novo mundo. Vinha de um mundo unitário, homogêneo e monoclassista. Caí no fosso das diversas caras, dos múltiplos humores, das éticas e morais diversas e desrespeitosas, "caí na real".

Conheci o bem, o mal, o mais ou menos, o mais que o menos ou menos aquele que me valia mais. O mundo abriu-se na fenda de sua verdade para o futuro, e, para sempre, nela me guardou.

Fui um antes e sou outro depois. Como eu, outros tantos. Essa era minha condição de calouro em 1964. E também a de Aloísio. Ele não foi meu calouro. Nem eu dele. Éramos da mesma turma. Mas parecia que ele tinha chegado antes, ou depois, não era daquele tempo. Seu DKW bordô era moldura de um moço bonito, bem-apessoado, cabelos negros e lisos. Se o carro fosse conversível, o vento não lhes tiraria a linha. Fora do automóvel, não usava botas para disfarçar sua altura e, ao olhá-lo, era detectável a reexportação rural de um moçoilo urbano, vindo do campo.

Era o típico começo da enxurrada de metroagricolões que, doravante, freqüentariam a escola, vindos dos mais diversos locais, dos grotões às capitais, nisseis, mulheres, democratizando o "A" encarnado, sempre outrora preparado para reproduzir, de onde viesse e a quem viesse, a meritocracia rural daquela era que se encerrava.

O Aloísio é o homem dessa fronteira. Culto, bem vestido, motorizado e de hábitos elegantes e charmosos. Mas era, na outra borda, afável, bebericador, namorador, igual aos iguais. Como fronteiriço, freqüentou o passado, a mesmice. Com seus gestos, gestou um futuro.

Passou por várias amizades e casas-repúblicas. Como cometa, não se apagou e contaminou cada um.

Não precisava deixar de ser ele para se mimetizar onde estivesse. Mas, de camaleão, passava, num átimo, a referência.

Como no asseio de seu quarto. Nas brisas de um verão. No cortejo à mulher bonita. Na voz portenha de um tango inspirado em um sofredor, com seu sofrimento em versos contado. Na educação, ao se despedir, ao se vestir, ao mesurar. Numa fase de crescimento tomada por hormônios, Aloísio era o equilíbrio. Sua fala mansa e rouca não reverberava sentimentos. Continha-os. Isso talvez lhe tenha feito mal à saúde, mas nós, ilusionistas, o admirávamos.

Aloísio não era um devasso. Era moço de família, recatado. Num mundo onde ser canalha e machista eram atributos, sua gentileza destoava. Referia-se constantemente aos irmãos, ao pai e à idolatrada mãe, levaria-nos a conhecer a avó, mostrava-nos suas entranhas, sua origem. A riqueza não o afetava, as propriedades não o aumentavam, os sobrenomes lhe caíam bem, era leve nosso Aloísio.

Embora vivêssemos na calda truculenta de uma universidade, o Aloísio esbanjava outras peculiaridades para conviver. Inteligente como o quê, exercitava a inteligência para aprender junto com colegas brilhantes e desovava-a para os menos possuídos ou mais sabidos, que queriam colar e passar de ano. Sua mobilidade intelectual fê-lo conviver com professores e energúmenos, talvez estes imaginando que lhes fosse professor.

Carrego a imagem de um Aloísio que flanava de uma República Cacareco, quase prostíbulo, à casa de um Clèment, maison de France anativada.

Não estou bordando um anjo, mas era quem mais, de todos nós, se aproximava de angelical. Até na hora de se apaixonar. E como as mulheres se apaixonavam por ele!

O Aloísio foi testemunha de meus amores, e eu, dos dele. Concubinávamos nossas paixões. Conhecíamos nossos corações e lutávamos muitas vezes juntos, para que o amor vencesse. Se a mocidade vence o tempo, a paixão derrota-a. Colecionamos muitas derrotas. Ele cantava suas dores, eu não sabia fazê-lo. Ele era mais sábio que eu, e eu sempre soube disso. Encontrava na tristeza o caminho da felicidade. Cada um ao seu jeito, éramos felizes e sabíamos disso.

Essas coordenadas da década de 60 do século passado abrigariam um tempo de mudanças que o Aloísio sentiu e viveu. Fui em busca da liberdade de minha gente. Hoje, sei que o Aloísio, à sua maneira, ajudou-me a obtê-la.

Sei disso porque li seu livro. *Dos Caminhos Onde Andei.* Será que andou por eles, percorreu-os? Ou, com Karl May, foi nosso Old Man, com Winnetou, no Oeste americano, no Curdistão bravio, nas lendas de Alá, sem nunca ter saído de sua Alemanha?

Aloísio viajou com sua obra sem precisar ter corrido o mundo. Seu fabuloso nicho literato permitiu-lhe isso. Ele é um escritor contemporâneo, coloca situações reais e fantasia-as. Aborda situações exóticas e nos exorta a crer serem reais. Erotiza o dissabor, o encontro, a perda, o furtivo e amealha-nos para sua personalidade sedutora. "Descabloquiza" o caipira. Inventa, sem ser Gregório, uma semana. E circunavega sem ser Fernão de Magalhães.

Aloísio escritor fará sucesso. Quando anda de trem, o leitor vai na corcova do cavalo de ferro, sacolejando. Quando está no navio, leva-nos ao enjôo nas marolas do mar, cambaleando. Do vinho, sentimos o flavor. Das gastronomias, o sabor. Dos garçons, o atavismo argentário. Mistura passado e presente em níveis de percepção que o leitor, mesmo o menos avisado, situa-se logo no tempo contado.

Seus personagens são geniais. Os verdadeiros e os menos verdadeiros. Não torna ninguém medíocre, o que deixa o livro honrado. Mas também não superlativiza qualquer um, o que deixa os atores de sua obra parecidos com o autor: humilde, sem perder o orgulho.

É o mesmo Aloísio de ontem que retorna rural quando conta o causo do abacate e vai de urbano ao restaurante Rodeio. Essa é sua metromania, sem ser ambíguo.

Ama sua Ana, sua baiana, possui-a mesmo quando por ela é possuído, dá-se a ela do começo ao fim do livro, porque é um homem todo feito com amor, o mesmo que dedica a ela.

E dá-me o incrível louvor da amizade ao pedir-me para enunciar sua obra. Sou seu obreiro no prefácio. Sou seu amigo no coração.

Obrigado, Aloísio!

João Herrmann Neto
Dezembro de 2005

Todas as coisas já foram ditas,
mas, como poucos as escutaram,
é preciso sempre recontá-las.

Abertura

Troquei de passatempo, agora escrevo, e foi grande a incerteza dessa mudança. Uma verdade persegue-me: percebi que tal arte chegou com o tempo, pois só o tempo consegue lapidar a palavra.

Mas o que fazer para escrever? É escrever, escrever sem cessar, e ler muito, até jornal. Nessa corrida à leitura, não é sempre que ela acontece, caiu-me às mãos *Cartas a um Jovem Poeta*, de Rilke, livro em que o autor aconselha um jovem poeta a escrever. Sua idéia principal é a seguinte: só deve escrever quem se propuser a tal, sob a condição de, se não o fizer, não conseguir viver.

É um exagero.

Devemos, pois, antes de olhar para fora, procurar *entrar* em nós mesmos, investigar o motivo que nos impele a fazê-lo, examinando as raízes, remoendo os recantos mais remotos da alma, e questionar: sou mesmo um escritor?

Escave dentro de si uma profunda resposta: se "sim", construa sua vida ao redor dessa necessidade, aproxime-se da natureza, chegue perto de pessoas com quem você mantém afinidade, elas o satisfazem; chegue perto de pessoas diferentes, elas o enriquecem. Procure, como se fosse o primeiro homem, dizer o que vê, o que vive, ama e perde. Relate, com sinceridade, o que pensa, utilizando formas de seu ambiente, imagens de seus sonhos, objetos de sua lembrança.

Se seu cotidiano lhe parece pobre, não o acuse, acuse a si mesmo. Diga a si mesmo que não é escritor o bastante para conseguir extrair de si tais riquezas. Para quem cria, não há pobreza, nem lugar-comum.

Mesmo que você se encontrasse recluso, e as paredes da cela impedissem todos os ruídos do mundo de chegar a seus ouvidos, não lhe restaria sua infância, sua juventude, essa esplêndida e régia riqueza, esse tesouro de recordações? Volte sua atenção a elas, procure soerguer as sensações submersas do passado. Sua personalidade há de reforçar-se, sua solidão há de alargar-se e transformar a moradia, entre lusco e fusco, num deslumbramento diante do qual o ruído e o tropel das coisas do mundo passam longe. Nela nem conseguem penetrar.

Contudo, quem leva ao pé da letra tais alusões cai em espiral, vem a obsessão: será que, nesta fase da vida, posso viver sem escrever? Evidente que sim, não existe essa incondicional vontade. Viver vem em primeiro lugar, o que, por si só, já é uma dádiva.

Admiro quem luta por uma causa, por uma determinação, por uma ocupação, justa ou não. Há pianistas que morreriam sem o piano, médicos à procura de pacientes, engenheiros a engenhar engenhos, há os que estão a fiscalizar a natureza ou perturbar os que vivem dela, os que fazem uma planta nascer, os que gastam seu tempo a examinar contas-correntes, créditos e débitos a lançar.

Tirem o computador da minha frente, sairei por aí passeando na chuva, *just walkin' in the rain*, admirando uma vaca a parir, viajando a "bestar" por esse velho mundo sem porteiras, fazendo um piquenique com uma toalha quadriculada em cima do gramado do jardim, sentindo o sol da manhã a queimar a face, sem protetor.

Escrevendo, não sinto abandono, revejo sentimentos, vivo de novo. Escrevo porque gosto.

Além disso, há a dúvida sobre o talento. Ao ler escritores consagrados, sinto um abismo entre nós e fico assustado com minha audácia. Mas, quando vem alguém, lê meus escritos, dá um sorriso e estende a mão, a auto-estima restitui-se, "viva eu!". E, perdido neste labirinto de palavras, um simples comentário me conforta.

Navego no vasto oceano. Um dia, se Ele ajudar, poderei até atingir um pedacinho de chão firme.

AAP

À Ana Maria, minha mulher

Só quem partiu pode voltar
e eu voltei pra te contar
dos caminhos onde andei...

(Nelson Motta e Dori Caymmi, De onde vens?*)*

DOS CAMINHOS ONDE ANDEI

Dize-me com quem andas, e te direi quem és!

Esse conhecido adágio popular conduz-nos a outra tese, antagônica, mas guardando coerência: a de que nossas características individuais ao longo da vida têm tudo a ver com os lugares por onde passamos, com os ares que respiramos, espaços que ocupamos, com os caminhos que percorremos.

Teríamos, então, outro ditado: "Dize-me por que caminhos andaste, e te direi quem és!"

A escola deu-me um bom curso de genética e esse estudo moldou minha maneira de ver a vida. O cerne da personalidade vem impregnado no gene, isto é, *não tem jeito, está escrito!* E basta.

Será isso mesmo? Ou será que Jean-Jacques Rousseau tinha razão ao dizer que "o homem é produto do meio?".

Um pouco dos dois, aí está a virtude. Como nasci na fazenda e lá vivi até os nove anos, tenho raízes literalmente fincadas na vermelha terra do interior paulista. Isso não quer dizer que, nesse período, não tenha tido contato com a cidade. Pelo contrário, o fato de morar na roça fez com que, toda vez que passasse algum tempo na cidade, aproveitasse mais o que nela havia, pela novidade e pelo imprevisto, causando motim em meus neurônios infantis.

O impacto dessa antítese foi o primeiro conflito, no bom sentido, que peleei na vida, e foi tão marcante que, passado meio século, continua evidente, ou seja, parece que foi ontem.

Então, puxe um banco e sente, que vamos começar.

Infância vivida na roça tem lá suas vantagens: aprende-se que quem anda de pé no chão urina na cama, olho vivo com cavalo passarinheiro, atenção com mulher galega, assobiar contra o vento chama chuva, gripe cura-se com pinga e limão, verruga tira-se com benzida, ou olhando as estrelas e invocando a Jesus, erva-cidreira e cigarrinho de palha acalmam os nervos, mau olhado só sai com galho de arruda e sinal-da-cruz, chá de assa-peixe expulsa pedra no rim, mijar cruzado dá azar, e, para os males do coração... Para esses não há remédio.

Vagas são as lembranças dessa tenra idade. Muitas vezes, confundimos a realidade com a fantasia que nossa mente criou no decorrer dos anos, e não sabemos se um fato ocorreu ou se nos foi contado por alguém. Por quem? Outras vezes, um longínquo sonho pode virar a mais verdadeira das realidades.

Uma pessoa que surge lá no começo de minha vida é nosso jardineiro, aquele que ajudou o doutor Clodomiro a fazer meu parto. Como nasci prematuro, foi uma correria, e seu Chico ficou as primeiras noites a subir e descer as escadas da casa, carregando bolsas de água quente. Recém-nascido quer calor. Depois do sufoco dos primeiros dias, ele continuou a tratar-me, esquentando tijolos sempre a uma mesma temperatura, mantendo o bebê numa improvisada incubadeira, dia após dia, noite após noite, carinho que depois retribuí com amizade.

Como nasci fraco, o esperado era que eu não durasse muito. Sobreviveria alguns dias naquela incubadeira. Assim, o padre da cidade foi batizar-me lá mesmo na fazenda e meus avós maternos foram convidados a serem os padrinhos. Fui batizado com certa pompa, disseram, longo e alvo vestido, fotos registraram o evento. Até apareceram as tias a prestar solidariedade, mas, naquela altura, eu já vendia saúde. Decidiu o Santo Espírito que eu superasse o desafio, e cá estou.

Passados poucos dias, o padre que me batizou não suportou mais o celibato: sua paixão terrena foi mais forte que a divina, fugiu com uma moça da cidade, pouco bela, mas simpaticíssima, conforme posterior relato, e sumiram para nunca mais voltar — felizes, igual letra de bolero. Constatou-se, tempos depois, que o padre, movido pelo sublime amor que invadia seu ser, havia esquecido de lançar meu nome no *Livro Baptismal* da paróquia. Fiquei, pois, cristão de fato, não de direito. Quando resolveram colocar-me no colégio marista, exigiram a certidão e deram pela coisa. Não havia ou não estava lá... Apareceu um atestado com data lá de trás, com a assinatura do apaixonado presbítero.

Nunca o vi. Disseram-me que era um bonito homem. Tenho admiração por ele: rompeu os grilhões do celibato há sessenta anos, deu uma banana para a sociedade e outra para o Vaticano e foi viver seu grande amor. Viva! Essa hipocrisia, o celibato, das únicas que o mundo moderno ainda suporta, causadora de tantos males, sexuais e psicológicos, persiste. Já imaginou um ser humano, criado no bom e no melhor, comendo bem, dormindo em colchão Probel, sem maiores preocupações, viver no seco? Trata-se da simulação de uma virtude, um fingimento, falsa devoção, sobretudo para nós, latinos, com a constituição genética moldada nas quentes terras mediterrâneas que nos fazem cálidos e sensuais. Daí surgirem sacerdotes atletas, puladores de cerca, ou pior, com "enormes pés", os pedófilos. Deus é grande!

Meu primeiro amigo foi mesmo seu Chico: enfermeiro, pajem, companheiro, iniciou-me nos fatos da vida, histórias narradas à sombra do flamboyant dos fundos da casa. Nossas manhãs começavam com ele tratando de seus canários e, enquanto limpava as gaiolas, cigarro de palha no canto da boca já de poucos dentes, eu ficava observando a paciência e o capricho do velho espanhol. Achava bonita sua preocupação com os bichinhos.

Quando ganhei uma bicicleta no Natal, a Monark preta, com freio de alça, com ele aprendi a pedalar. Ia correndo, segurando minha nuca, eu sentado na bicicleta a levar tombos, até que de repente saí direto. E o velho, sem fôlego, soltou gostosa gargalhada: o menino havia aprendido a andar de bicicleta, fato marcante na infância. Depois que se aprende, nunca mais se esquece. Podemos ficar anos sem praticar. Se, um dia, resolvermos, é só recomeçar.

A única surra que levei na vida foi de fita métrica, tinha uns sete anos. Havia aprendido com os meninos da colônia que havia algo novo — novo para mim — no meio das pernas das mulheres, aquilo que hoje carinhosamente chamamos de "xoxota", e que, naquele tempo, foi-me ensinado com outro nome. Bem menos bonito. Preparei-me com cuidado para elucidar o fato: a cozinheira estava distraída em frente ao fogão, a lenha crepitando, e o sabor da mandioca frita invadindo o ar. Ela, de frente para o fogo, pernas entreabertas, bem no ponto que eu queria. Consultei minha consciência, resolvi, é agora!

Cuidadoso, rente ao chão, qual um soldado numa batalha a procurar sua trincheira, lá fui, rápido e rasteiro. Quando cheguei perto daquela coisa extraordinária, visão guardada em minha retina para a posteridade, duas majestosas coxas emoldurando uma calcinha azul. Que recordação! Ouço um berro. Minha mãe adentra o recinto. Ela estivera na horta com a fita métrica a medir o espaçamento entre as replantas de cenoura e voltou antes do previsto. Azar o meu.

Puxou-me ao terreiro, deitou a fita no meu indefeso lombo, três largos vergões surgiram. "Esse menino há de aprender!" E aprendi. Passada a fúria, ao meu choro seguiu-se o dela, que se arrependeu do que fez.

Custou caro a primeira visão de xoxota em minha vida. Seu Chico, fiel escudeiro nos bons e nos maus momentos — amigo é pra essas coisas —, veio falar comigo, consolar-me, conversa de homem para homem. Eu tinha razão, a morena era bem ajeitada, tinha um xoxotão...

Naquela noite, depois do jantar, como de costume, com o corpo doído e a cuca fresca, fui à casa dele ouvir suas histórias. Naquela noite, ele não contou mais contos de carochinhas, coisas bobas a iludir crianças. Eu havia sido promovido, já entendia da coisa, e suas narrativas passaram por sublime transformação. Nelas, agora, o jumento já podia comer a égua com sua pica de dois palmos e o herói da história já podia "barranquear a piquirinha". Avizinhavam-se, sorrateiras, as primeiras sacanagens.

Seu Chico era casado com dona Joana, e os dois viviam às turras, quebravam cada pau de dar gosto, numa língua que não era espanhol nem português, num dialeto que eu desconhecia. Sua família era de Málaga, a mais tropical das cidades espanholas, na costa mediterrânea da Andaluzia e, embora ele tenha nascido no navio, imigrando para o Brasil, considerava-se puro-sangue andaluz. Lá se fala um dialeto que tem influência fenícia e cartaginesa, pois, nos primórdios da colonização da península, foram intensos os contatos comerciais com esses povos. E também com os mouros, que lá ficaram uns seiscentos anos. Dona Joana tinha orgulho de dizer de onde era: Toledo, no centro da atual Espanha, cidade com mais de dois mil anos de vida, que já fora município romano, capital do reino visigodo, cidade-forte do Emirado de Córdoba, posto avançado dos reinos cristãos. E, no século XVI, chegou a ser a capital de Carlos V.

Sendo ele andaluz, e ela, castelhana, difícil era saber a língua em que, em altos brados, se agrediam, como bons espanhóis. De vez em quando, algum adulto de nossa casa subia na deles, só para ver se tinha sobrado alguma coisa em pé. Depois de algum tempo, voltavam ao normal, afinal, "em briga de marido e mulher não se deve meter a colher". A discussão faz as vezes do psicólogo, só os mais letrados sabiam da existência de Freud, e uma boa altercação valia uma consulta. Jogavam-se fora as usuais tensões, todo humano as tem. Qual um açude a encher, quando a água começa a não vencer o vertedor e sai por cima, a Providência dispõe sempre de uma racional polêmica, que apazigua. Santa natureza!

Noutra tarde, foi à fazenda um jipe com três pessoas, um teodolito e várias estacas: eram os topógrafos da nova estrada, essa que é hoje a nossa velha de guerra, a Via Anhangüera. A curiosidade tomou conta de todos. Desceram e começaram a pontear com estacas o jardim e o terreiro. Nisso, o Ford coupé 46, cinza, chegou. Mamãe tinha ido à cidade.

— Minha senhora, estamos demarcando a nova rodovia, vai passar bem ali — mostrou com o dedo, indicando o terreiro. — A casa do jardineiro vai sumir, o asfalto vai passar por lá, depois vêm o aterro e a ponte sobre o córrego.

Ela ficou verde, mas não perdeu a compostura. Absurdo! Imagine uma rodovia nos fundos de sua casa! E as flores vermelhas de seu flamboyant? E o poleiro das suas galinhas-d'angola? E sua plantação de cambuquira, matéria-prima da sopa preferida do sogro?

— Com quem converso para corrigir esse mal-entendido?

Desconfiado, mas dando razão a ela, o rapaz cedeu, indicou o escritório do Departamento de Estradas de Rodagem. À noite, ela conversou com papai, que não levou muito a sério, achou um despropósito! Dia seguinte, lá foi ela quebrar esse imenso galho, tirar a estrada de nosso quintal. O chefe, convidado a examinar o local, acabou almoçando em casa, e, conversa vai, conversa vem, conversa animada, véspera de eleição, todos udenistas, eleitores do Brigadeiro, ficou fácil: a rodovia foi desviada.

Hoje, quando passo pelo quilômetro 360 da SP-330, há uma pequena curva desviando a Anhangüera de seu traçado original, a curva que salvou nossos ingás, abios, tamarindos, cajás-mangas, carambolas, cus-de-cachorro, frutas-do-conde, laranjas e mangas de várias qualidades. Salvou, também, meus sonhos: o lugar onde eu armava a arapuca de caçar passarinhos.

Algum tempo depois, vieram as máquinas, ficaram quase um ano por lá: cortes, aterros e pontes, um mundo novo nasceu para o menino que nunca tinha visto aquilo, o progresso chegando. Com a nova estrada, mudaram a entrada da fazenda — ficou feia — bonita era a avenida de eucaliptos, subida que, em dias de chuva, nem tatu conseguia vencer. Quando fizeram a alameda, não pensaram que uma estrada de terra precisa de sol, senão vira atoleiro.

Quando as máquinas paravam nos finais de semana, eu ia até o pátio examiná-las. Aqueles monstros de ferro deixavam-me extasiados, e, sob o olhar cuidadoso do guarda amigo, ficava em cima daqueles imensos tratores, a pilotá-los de mentirinha. Dois medos passei ali: o primeiro, quando, sem querer, dei partida num deles, logo o moço veio acudir. O segundo, pior, pulei lá de cima e caí sentado com a mão no chão, virei a cabeça e dei de cara com uma cobra do tamanho de um bonde. A me olhar. Não sei como saí dali, coração disparado, pernas bambas. Fiquei tão impressionado que não deu coragem de contar a ninguém. Guardei segredo. Cascavel ou jibóia? Não sei.

Divertido era perseguir uma cadela no cio, ver o que ia acontecer com aquela meia dúzia de tarados a segui-la, cães prontos a faturá-la. A torcida era para que um dos machos engatasse a fêmea, sórdida diversão, real mundo cão. Hoje, não sei por quê, não vejo mais cães engatados, talvez não esteja mais atento a tais eventos. Só água fria desengatava-os, era um tal de sair correndo atrás deles com um balde d'água nas mãos, e grande era a solidariedade dos humanos nessas horas. A dupla de engatados seguia toda a colônia e, de casa em casa, sempre havia uma caridosa alma com uma lata d'água em punho, pronta para aliviar os caninos.

Do outro lado da linha do trem, na encosta, chegando ao horizonte, moravam meus primos, numa fazenda que tinha uma boa vista. Passei toda minha infância a observá-la de longe, a imaginar como seria bonita a velha casa da sede no meio do bosque e o chafariz a respingar água sobre os peixinhos vermelhos. É que papai estava brigado com meu tio, desentendimentos causados por opiniões divergentes na exposição de cavalos, por isso fiquei os primeiros anos de vida sem conviver com eles. Ir lá era proibido — nem pensar — e a gente só se encontrava na casa dos avós em domingo festivo. Hoje, nossas almas estão mais leves, sei lá, somos protegidos pelo bom senso, desentendimentos são raros.

Depois de muito esperar, e imaginar, e com as pazes feitas no velório da avó, permitiram-me ir lá. Cheguei meio sem jeito, cerimonioso, fui bem tratado, e, depois do bolinho de fubá servido com café e leite, fomos brincar nos fundos da casa. Chegando lá, a surpresa: no muro da garagem, dois corações entrelaçados por uma flecha, respingados de sangue, pintados com esmero e carinho — como Cupido gosta — e dentro, o nome do primo e o de uma menina da cidade. Descobri que amávamos a mesma donzela. Inquieta foi minha volta para casa, acabava de descobrir o que era um triângulo amoroso...

Tico-tico no Fubá foi o primeiro filme que vi, no cinema onde hoje é a prefeitura da cidade. Trata-se de uma história de amor que contava a vida de Zequinha de Abreu, músico famoso, autor do célebre chorinho-título e de *Branca*, valsa que homenageava a amada. No papel principal, Anselmo Duarte, em seu primeiro trabalho, Marisa Prado, como sua namorada, e Tônia Carrero, completando o citado triângulo amoroso. Tônia — Branca, no filme — chegou à cidade com o circo, a sorrir apareceu, conheceu Zequinha no piano do clube, fugaz e repentino amor. Viveram dias de paixão. A turnê acabou, o circo se foi, ela também, restou no ar a saudade, que não mais abandonou seu coração. Para sempre.

Mas a vida seguiu, o destino uniu Zequinha e a namorada, vieram os filhos, sua orquestra ficou famosa, não havia baile ou seresta a que ele não fosse chamado. Com o tempo correndo e a família a aumentar, mudaram para a capital. Ele foi trabalhar para as platéias do cinema mudo, fazia o espetáculo de abertura; depois, seu piano deslizava acompanhando as cenas da película.

Os anos passaram e virou um pianista notável. Branca ressurge. "Lembra-se de mim?" Cena inesquecível. Seus olhares disseram: "Foi só por essa noite." Zequinha, abatido pela emoção, tem um infarto fulminante e cai em uma sarjeta qualquer da cidade grande.

O cinema em prantos. Fim.

A comovente história, mostrada ao menino de oito anos, revelava-lhe as sinuosidades da vida, nem tudo que reluz brilha. A imagem do casal a enamorar-se tendo ao fundo a roda d'água, o pilão, o milho sendo transformado em fubá e aquele punhado de tico-ticos a rodeá-los, uma pintura até hoje está armazenada nas estantes da memória.

Aliás, esse negócio de estante da memória é interessante: escrevendo, vamos remoendo acontecimentos do passado, empilhados, empoeirados e mal catalogados em nossa mente.

O difícil é conseguir localizar o primeiro, porque, quando você mexe num, os outros, os vizinhos, ficam automaticamente ouriçados e vira aquela confusão: qual será o próximo? Os fatos ficam lutando entre si dentro de nós, querendo saber se vamos, também, colocá-los neste livro. E, assim, vamos recordando, a lembrar que o tempo não faz sofrer; ao contrário, ajuda-nos a reviver.

Não sei se, no inverno ou no verão, tem uma época em que os vaga-lumes aumentam muito. À noite, fica bonito ver o pirilampo com aquela luz verde a piscar, contrastando com a escuridão. Depois do jantar, com uma garrafa de Q'Boa vazia e limpa, eu saía com papai a caçar vaga-lumes no bosque. De início, prendíamos os dois primeiros, pai e mãe, era o começo da aventura. Depois, ele me ensinou, você precisa cantar para chamar os filhotes. Eu caprichava na entonação seguidas vezes, *Vaga-lume vem-vem seu pai tá 'qui, sua mãe também...* E voltávamos para casa, tarde da noite, com pelo menos uma dúzia de vaga-lumes aprisionados na garrafa. Colocava o vidro a meu lado, na cama, e ficava admirando o quarto iluminado. No dia seguinte, ao acordar, todos estavam mortos, não sei se por asfixia ou algum cheiro que sobrou na rolha. Q'Boa era um detergente...

Tenho outra história de vaga-lume, só que agora é outro bicho, é o lanterninha do cinema, que em muitos lugares é chamado de vaga-lume. No namoro, o primeiro obstáculo era vencer a timidez, que a persistência, aplainada pela cumplicidade da parceira, resolvia. A outra barreira, independente de nossa razão, era a presença do lanterninha. O homem era um frustrado na vida, um voyeur enrustido, não nos deixava em paz, não podíamos avançar o sinal que lá estava ele, fazendo-nos passar vergonha. Era só o beijo passar do normal, vinha ele com seu facho de luz a incomodar, acompanhado de um psiu! característico.

Cidade de interior tem dessas coisas. Também tem professorinha, estação de trem, quermesse e coreto.

O curso primário, feito no grupo escolar, tinha as professoras titulares, as donas da bola, pessoas respeitadas naquela cidade de quatro mil habitantes. Mas havia a professorinha substituta, aquela que vinha dar aula quando faltava a titular. A moça de vinte anos era uma morena de cabelos nos ombros, baixinha, vestido azul rodado, blusa branca, óculos de aro de tartaruga, uma graça. Ficávamos torcendo para a professora ter uma gripe, para vermos a professorinha dar sua aula, delicada e sem jeito, um sonho. E ela nem aí, não percebia que despertava paixões...

A estação era o ponto chique da cidade: construção imponente, tijolinhos vermelhos, influência britânica, lugar aonde uns chegam e onde ficam, de onde outros vão e para onde não voltam. Uns regressam, querendo partir; outros seguem, querendo ficar — há os que vêm só olhar —; há os que sorriem e há os que choram. A estação de trem é a síntese da vida: mostra-nos duas faces de uma mesma viagem. O trem que vem é o mesmo que vai, a chegada é igual à partida, muda só o referencial.

Na praça da igreja, havia uma atração esperada com ansiedade: no coreto, as bandas tocavam marchas e dobrados nas manhãs de domingo. Havia duas, a banda da banda de cá e a banda da banda de lá, e suas respectivas torcidas. Numa dessas audições, conjuntas, alguém desafinou, trocaram o fá pelo dó, todo mundo protestou. Os de cá disseram: "É da banda da banda de lá". Os de lá retrucaram "é da banda da banda de cá!". O vigário veio e pôs ordem na retreta.

Esse mesmo vigário, um baixinho barrigudo e careca, promovia todo ano a sensacional quermesse beneficente. Com sua voz de locutor de rádio, era o mestre-de-cerimônia do esperado *De Quem é a Voz?* Pessoas da sociedade cantavam atrás de um biombo acompanhadas pelo regional do Bonutti, e a platéia tinha de adivinhar quem era. A primeira vez que fui a uma quermesse, acertei o dono da voz. Quando escutei "Não falem dessa mulher perto de mim, não falem para não aumentar a minha dor, respeitem ao menos meus cabelos brancos...", não titubeei:

— Tio Maurício!!!!

Acertei. É que o tio sempre ia lá em casa e, depois de alguns uisquinhos, cantava o sucesso do Silvio Caldas. E o curioso é que ele, que já tinha lá seus quarenta e poucos anos, não tinha um fio de cabelo branco; sua cabeleira era negra, bem tratada com Quina Petróleo San-dar.

Nessas quermesses, começavam os flertes; o padre vendia uns bloquinhos com o timbre da igreja, arrumava as voluntárias — as mais assanhadas — e o correio elegante corria solto. Recados para lá, respostas para cá, convite para um sorvete, quer me namorar? Como você é bonita! Por quem sonha Ana Maria? Quem quisesse encontrar o amor, era só ir à quermesse. Hoje não tem mais disso, a Internet resolve tudo rapidinho. Sem poesia.

Dez anos moramos nessa fazenda, que não era nossa, era de meu avô. Quando a avó morreu, fomos obrigados a mudar de lá, na divisão da herança que cabia a meu pai, que foi sorteado para outra. E, contrariados, para lá fomos.

A primeira imagem de cidade que lembro é a ladeira da Treze de Maio, no quarteirão acima da Brigadeiro Luís Antônio, lado esquerdo de quem sobe, em São Paulo, no

Paraíso. Ali moravam meus avós por parte de pai, numa casa grande, terraço em toda a frente, garagem para dois carros (um Citroën atrás do outro), duas salas decoradas no rococó da época, veludo grená nas cortinas, pesadas poltronas de espaldar alto, mesa rodeada de cadeiras torneadas, tapetes no chão, espessos e desenhados com motivos ingleses de caça à raposa, puxados ao vermelho e ao amarelo. Nas paredes, alguns quadros — um Almeida Júnior? — e mais tapeçarias penduradas com pequenos pregos — sempre tinha algum solto —, fazendo com que o tapete ficasse lambido, como beiço de bêbado.

O menino de quatro ou cinco anos tinha pouco acesso a isso, parecia-lhe tudo um substantivo abstrato, tal como sua professora lhe ensinou: "Sabemos que existe, mas não podemos tocar, como 'saudade'...". Feliz comparação, sem nexo, mas feliz. Era uma casa chique, vovô não chegava a ser um barão do café, mas era quase.

Subindo a rua Treze de Maio, chegávamos à Sears. Ela e o Mappin eram as duas maiores lojas da cidade, com seus três ou quatro andares e um sorvete delicioso no térreo, programa de final de tarde para o menino comportado, a mãe feliz e a babá assanhada. E lá íamos nós, sem saber o que bem havia nas entrelinhas do ingênuo passeio.

Descendo a Treze e virando na avenida Brigadeiro, entrávamos no Cine Teatro Arlequim, palco dos espetáculos de Johnnie Ray (*As Time Goes by, Just Walkin' in the Rain, Cry*), ou cinema onde assisti a três sessões seguidas do *Candinho*, de Mazzaropi, no qual o primo Lô, fraternal amigo de adolescência, fez ponta destacada. Era o menino que perdeu a bola, foi atrás dela e quase foi atropelado. Candinho salvou-o e ficou, assim, o herói. Inesquecível.

Na mesma Treze, pouco abaixo e dez anos depois, freqüentei a casa da Lea, amiga de colégio. Fui lá estudar algumas tardes e, por mais que me esforce, não lembro a que matéria dedicávamos atenção. Creio, sem certeza, que estudávamos Língua Portuguesa, algo a ver com gramática histórica. Meras conjecturas.

Da janela do quarto em que eu dormia, dava para ver o alto de um prédio na rua dos Ingleses, que tinha em cima uma espiral de luz néon verde e vermelha. Era o hospital onde fui "operar o pinto", dizia papai. Cheguei lá, com minha inocência infantil — pleonasmo necessário —; não sabia patavina o que iam fazer comigo. Apenas lembrava que meu pingolim, de vez em quando, inchava, chegou um dia até a purgar. Só isso. Pois bem, levaram-me no bico: puseram-me numa sala, despiram-me e envolveram-me numa toalha branca, fria, os braços atados e, quando comecei chorar, veio uma gorda de branco, bem gorda, com um gordo chumaço de algodão, também branco, molhado não sei do quê, levou tudo aquilo ao meu nariz e o mundo começou girar. Apaguei. Era éter, anestesia, *pá-buf*.

Acordei no quarto da Treze, donde via a espiral com a luz néon do hospital e uma dor de cabeça, nas duas, tendo um curativo na de baixo. O que fizeram comigo? Será que resolveram cortar o supérfluo apêndice? Uma corriqueira operação de fimose, coisa que os judeus fazem sem anestesia, nem hospital, no seco e na tenra idade, usando sabedoria. No dia seguinte, a coisa inchou, e a preocupação não era a dor nem o inchaço: era ter que ficar com aquilo de fora, todo mundo a ver. Que vergonha! Mas tudo acabou bem, foi a única preocupação que *ele* me deu na vida...

Pouco antes de chegar ao hospital, na esquina da rua dos Ingleses com a Brigadeiro, defronte ao ponto do bonde camarão, morava o rei do café, numa casa lá no alto, com vários cafeeiros plantados no jardim, dois leões de mármore na entrada, onde brincavam alguns de seus netos, que tempos depois vieram a fazer parte de minha vida, amigos que nos tornamos. Muitos seguem seu caminho e não deixam rastros, outros, no entanto, por longos anos deixam visíveis até sua sombra.

Na casa da Treze, conheci o telefone automático, aquele que discávamos sem necessidade de falar com a telefonista. Avanço tecnológico, a ciência cada dia torna a vida melhor. Conheci a penicilina, doída injeção, uma nádega num dia, outra nádega no outro, fez o inchaço de meu pinto voltar ao normal. Passou a inquietação.

A casa da Treze tinha uma sacada entre o jardim e a rua. Lá embaixo víamos os ônibus da CMTC subirem, soltando uma fumaça preta, o chofer isolado na cabine, na frente, como os de Londres. Dessa sacada, também admirávamos a casa da frente, enorme, com duas águias de bronze, imponentes, emoldurando a entrada.

A primeira vez que vi chiclete de bola foi dessa sacada: as primas Marina e Ruth chegaram com a novidade. Elas estudavam em colégio americano e já pequenas falavam inglês, que inveja! Mas o chiclete havia acabado, ficamos só na vontade, *only look*.

Na casa da Treze, não comíamos manteiga, um pão-durismo típico do pós-guerra, e a margarina não era boa como a de hoje, tinha um gosto difícil de tolerar, logo eu, acostumado com a fartura da fazenda! Conheci a garoa, no interior não tem disso. Era bonito ver a chuva fina, marca registrada do planalto paulista.

Minha primeira festa foi na casa da Treze, casamento de uma das tias, bufê do Jóquei Clube. Tinha camarão, aquele bichinho vermelho espetado no palito, com um trivial abacaxi como suporte. A tia ganhou um carro de presente do avô, um Morris cor de gelo.

Aos domingos, o costume era jantar numa cantina Treze abaixo, no Bexiga, cuja especialidade era carne de cabrito com macarrão — sublime associação —, união hoje abandonada em nome da moderna culinária.

Outras vezes, nesse mesmo período da infância, nós nos hospedávamos na casa dos avós por parte de mãe, e eu vivia, então, a diferença das duas famílias. Se, lá na Treze, havia abundância, aqui, a história era outra. Meus avós moravam numa vila no fim da Brigadeiro, à direita de quem desce, perto do largo do Itaim. A pequena casa de aluguel era simpática e lá sentíamos calor humano, tanto nosso quanto pelos vizinhos, conhecidos e amigos, num ambiente parecido com aquele dos filmes napolitanos, faltando só o varal e as roupas estendidas.

Vovô, um advogado quc diziam ser brilhante, estava desempregado. Vovó sustentava a casa, fazendo brincos e bijuterias, tinha uma clientela selecionada, e sempre — soube depois — papai ajudava com tudo o que a fazenda produzia.

Esse avô conversava comigo temas adultos. Um dia, explicou-me como funcionava o sistema solar, os planetas a girar ao redor do Sol. Fascinou-me saber dos anéis de Saturno ao vê-los na *Enciclopédia*. Na noite seguinte, vovô perguntou-me se gostaria de ver Saturno ao vivo; seu amigo tinha um telescópio.

— É claro que quero! — respondi.

Como vovô não tinha carro, e o telescópio ficava lá para os lados de Interlagos, fomos de carona com seu amigo: uma perua Dodge daquelas com lambris nas laterais, uma flâmula na antena com a imagem de uma ave, embaixo escrito "O que é que há com seu peru?". Todos liam e achavam graça, eu não entendia por quê.

No caminho, o astrônomo amador foi pondo-me a par: anos-luz, atração da gravidade, mas o que eu queria ver era Saturno. Noite linda, céu risonho, chegamos. Ao descer, naquela inquietude pueril misturada à emoção, ao fechar a porta da Dodge, esqueci meu dedo indicador. Que dor! Amassou a unha, saiu sangue, agüentei firme, macho não chora!

Fiquei irritado com a observação do astrônomo, ao ver que não conseguia localizar Saturno naquela imensidão. Ele, desenxabido, virou para vovô, veio com essa:

— Não faz mal, o menino hoje já viu bastantes estrelinhas...

Foi a primeira vez na vida que, calado, mandei alguém à puta que o pariu!

No Natal, vovô encheu-me de presentes: um cavalo de pau, bolas de matéria plástica (a novidade), quebra-cabeças, triciclo, bombons. Todos ficaram preocupados, ele acertou uma bolada nos cavalos do Jóquei e resolveu presentear o neto, nem lembrou de suas contas. Isso ficava para depois, ou, às vezes, nem ficava. E quando se excedia nas brincadeiras comigo, a asma atacava, pegava a bombinha e vaporizava um líquido amarelo goela abaixo, vasodilatador, coisa esquisita. Assim era esse avô, diferente do outro, cada qual com seu jeito...

Em cima da mesa da sala, havia um mármore branco, enfeite que parecia ser um porta-canetas, com a inscrição

"Prudência e capitalização", abaixo do nome da empresa. Eu não sabia nem o que era uma, nem o que era outra daquelas palavras esculpidas na pedra. Vovô explicou-me: a primeira significava "virtude que leva o homem a conhecer e praticar o que lhe convém, com tino, juízo e moderação". A segunda era o "ato de concentrar capital e bens". E, sem graça, completou:

— É, em casa de ferreiro, o espeto é de pau... — deu um sorriso e seguimos amigos até sua morte, seis anos depois.

O vizinho da casa da vila comprou, no Natal, a última novidade, um aparelho de televisão. Só havia programação algumas horas, começava à noitinha e ia até as dez ou onze horas, na Tupi, a pioneira. Para o menino do interior assistir a cinema em casa, ou melhor, na casa do vizinho, sentado no chão da sala a ouvir as opiniões, também atônitas, dos mais velhos, era instrutivo. No vídeo em branco e preto, chuviscado, brilhavam Lima Duarte, Hebe Camargo, Homero Silva, Walter Stuart, Márcia Real, Flora Geni, Julio Gouvêa. Passei a infância vendo *Alô, Doçura*, com Eva Wilma e John Herbert, e foi ali, ou deve ter sido, que aprendi certos modos ao namorar, pedir licença, olhar o luar abraçadinho, tomar chocolate quente no Yara.

O prefeito Jânio Quadros, pessoa discutível já naquele tempo, fazia um rebu em sua administração. Víamos os ônibus vermelhos da CMTC soltando fumaça, com a inscrição "Recauchutado". Não entendia. Depois explicaram: o polêmico político estava reformando a frota da companhia municipal de transportes coletivos e fazendo alarde em cima disso. A recauchutagem tinha ocorrido tão depressa que vovó duvidava de que fosse verdade. Eu ia com ela comprar pão na padaria do largo do Itaim e ficava contando quantos recauchutados circulavam no ponto final, comparava com os velhos ônibus, minha veia estatística fazia-se notar, e concluí que não tinha meios de nada concluir.

A vida na vila era assim, simples e pacata, não condizente com o progresso que estava por acontecer na capital, e de que tive o privilégio de participar, na segunda metade do século que se foi.

Voltemos à roça: mudamos de uma fazenda a dois quilômetros da cidade para outra a vinte. Essa distância dava-lhe vida própria: a vida rural, diferente da outra, praticamente um subúrbio. Embora eu nunca tenha residido nessa outra, dos dez aos 24 anos passei quase todas as férias lá. Na divisão da herança de vovó, meu pai ficou sócio de dois tios e, como eles e suas famílias iam pouco à fazenda, durante anos considerei-a nossa — ou minha — assim eu sentia.

Essa era uma fazenda grande, mais de mil alqueires, meio milhão de pés de café, muitas vacas, eqüinos de raça, quase mil habitantes, armazém, oficina mecânica, açougue, farmácia, escritório, máquinas de beneficiar café e arroz, silos, tratores e colheitadeiras, cinema ao ar livre de vez em quando, tudo aquilo me fazia poderoso. Sentia o que devem ter vivido os fidalgos da Idade Média, eu próprio era um senhorzinho feudal. Quando acabavam as férias e voltava ao colégio em São Paulo, caía na real.

A fazenda era cenário de boas histórias e o pedreiro Amâncio, crioulo forte, testa reluzente e palavra fácil, contou-me várias.

Na inauguração do clube, início dos anos 50, vovô, que ainda era dono da fazenda, contratou o famoso trio de música sertaneja Raul Torres, Florêncio e o sanfoneiro Rialli para animar o baile. Chegaram à tarde, tomaram banho na sede, vestiram a fatiota, jantaram, e, lá pelas dez, começaram a festa. Num acontecimento de tal monta, inaugurava-se o único clube de fazenda que existia por lá. Vovô também se preparou, vestiu seu terno de casimira, convocou vovó e três de suas filhas. Foram todos. No recinto, o administrador, um italiano de vida e raça, havia preparado o lugar da família do patrão, local de destaque, entre o bar e o trio de tocadores. Depois do discurso, curto e objetivo, o avô, que não era dado a sermões, começou a festa: o tempo foi passando, a cerveja e a cachaça subindo, todos a bailar no salão, uma dama de lilás a machucar os corações.

O patrão e a família, orgulhosos de seus comandados, sentiam, também, a intensa alegria. Foi quando o trio atacou de *Saudades de Matão*, valsa lenta, chorosa, um sucesso: rostos colados, corpos grudados, bate-coxa sensual, como nos filmes. O velho foi ficando nervoso, imagine aquela pouca vergonha na frente de suas meninas. Diante do grotesco, não via alternativa, ou ia embora com a família e deixava "a abóbora rolar", ou acabava com a festa. Cedeu, o bom senso prevaleceu, e ninguém percebeu, todos estavam romanticamente enlevados pela performance do trio e da valsa. A felicidade contagiava, e a festa só acabou quando os dedos do sanfoneiro começaram doer, os galos já a cantar na ponta da colônia, e o sol brotando no horizonte, atrás dos cafeeiros em flor. Era agosto.

Noutra vez, Amâncio estava remendando um cano d'água perto da piscina e foi chamado às pressas pela cozinheira: nosso boxer, o Raposo, havia roubado uma peça de filé mignon da cozinha, temperada de véspera e pronta para ser cozida para o almoço. O cachorro não resistiu, aquela suculenta carne ali, bem na sua frente, na mesa ao lado do fogão... Olhou para os lados, disfarçou, pulou, abriu a boca, mordeu o filé e saiu correndo para o pomar.

Quando perceberam, foi aquela gritaria, todos a persegui-lo, até pegá-lo. Amâncio fez tocaia na cerca das jabuticabeiras, e, assustado, Raposo cedeu, entregou sem resistir seu ouro ao bandido. Deu dó ver seu olhar de desânimo devolvendo o tesouro. O filé, sujo de terra e saliva, foi levado à cozinheira, que o lavou e o levou ao fogo. Quieta.

No terraço da sede da fazenda, meus pais estavam animados, a conversar com o casal de convidados, sem desconfiar da façanha do Raposo. Ele, presidente da Associação Rural, ela, das senhoras mais distintas que conheci, abriam o apetite tomando vinho do Porto com torradinhas e queijo *camembère*. No almoço, lá estava o filé no centro da mesa, bandeja de prata, enfeitada com salsinhas e batatas *sauté*. Foi uma sensação, delícia, todos elogiaram. Mal sabiam.

Durante muito tempo, o fato foi segredo — conversa proibida — até que, um dia, Izabel não agüentou, chamou a patroa para uma conversa em particular, contou:

— Não posso mais viver sem revelar-lhe uma coisa que me atormenta!

Parecia cena da novela que todos escutavam, *O Direito de Nascer*: Albertinho Limonta morreu no fim. Izabel, de olhos arregalados e lábios trêmulos, contou. Todos acharam graça, mais de seu nervosismo que do fato em si. O tempo alivia, faz o inoportuno ficar alegre. Aliviada, naquela noite, Izabel, que está conosco até hoje, dormiu o sono dos justos. Depois de longa data não teve mais pesadelos em que Raposo puxava seu lençol. Ela só não sabia que Amâncio havia espalhado a história para toda a colônia.

Dessas férias, lembro de momentos bons, outros menos. Dizem que o tempo consegue obscurecer ocasiões ruins, pois, enfim, deve até ter apagado muitas. De uma não esqueci. No último dia de julho, resolvemos festejar dois aniversariantes, um primo e um irmão. Como era o último dia das férias, aguardava a festa com ansiedade. Ia voltar para o colégio no dia seguinte e era muito menino, dez anos, desacostumado a viver longe dos pais. O coração pedia afeto.

A festa começou à tardinha, logo escureceu e acendemos as luzes do terraço, que, junto com as da sala, iluminavam o gramado ao lado da casa. Como havíamos convidado também os meninos da colônia, deu para formarmos dois times, par ou ímpar, e começou o futebol. Com os adultos incentivando lá das janelas da sala e do corrimão do terraço, a partida foi empolgando, e, numa bola cruzada pelo Tomé, grande ponta, avancei pela direita rumo ao gol e fui calçado por um primo perna-de-pau, entrada faltosa. O feitiço virou-se, ele rolou no chão, começou a chorar. Entrou de mau jeito, doeu. Veio confusão.

Meu pai, em vez de contemporizar, pegou-me pela orelha, levou-me ao banheiro, trancou-me. Castigo. No último dia das férias, fiquei preso no banheiro hora e meia, a escutar a festa rolando lá fora. Só lembraram de minha existência na hora do bolo e das velinhas.

O modo de agir de um adulto com uma criança é uma das vitórias dos dias de hoje. A psicologia — ou coisa que o valha — mostrou que uma conduta contraditória não leva a nada. Ou leva a tudo. Cinqüenta anos depois, ainda lembro o fato.

Sobrevivem com maior intensidade, felizmente, os bons momentos, as cavalgadas com os primos, as caçadas de jacaré nas noites de verão, as tardes na piscina da fazenda, as noites de *footing* na praça, as escapadas na zona, o acampamento ao pé do morro, os amigos.

Tínhamos boa tropa, resquício de quando o avô, criador empolgado, era dono da fazenda. Meu cavalo, ao contrário dos demais que eram da raça Mangalarga, era meio-sangue inglês, por isso Cinza dava bailes de eficiência nas corridas que fazíamos no campo de aviação. Escondidos dos pais. Havia também os ralis, e, destes, o recorde ficou com Zé Mário, 19 minutos entre nossas fazendas, com dois amigos acompanhando-o, um na frente, abrindo as porteiras, outro atrás, fechando. Mantínhamos os telefones funcionando de ambos os lados e só valia quando o participante, de viva voz, respondia do outro lado: cheguei! Mas tal performance deu uma baixa, seu cavalo agüou. Depois dessa prova, Jurupari nunca mais foi o mesmo.

Nessas cavalgadas, gostoso era brincar de pega no cafezal. Dividíamos o grupo em dois, os mocinhos e os bandidos. Os primeiros tinham de prender os segundos. Brincadeira perigosa, a adrenalina fazia-nos cometer loucuras, mas, no encalço do adversário, valia tudo. Fomos proibidos de continuar — no ímpeto da vitória —, pois estávamos danificando os cafeeiros.

As caçadas noturnas na lagoa eram um programa mais técnico, e admitiam-se para tal pessoas com mais habilidade e sangue-frio. Pedíamos a canoa emprestada, arrumávamos baterias e *sealed been* na oficina da fazenda, e nossas, mesmo, eram as lanças feitas pelo Ordelino, mestre ferreiro, acopladas a um cabo de guatambu, reto, seco em fogo brando. No silêncio e na escuridão, só o farol aceso, saíamos a campear nossa presa. De repente, entre as taboas, surgiam refletidos dois pontos luminosos, os olhos de um jacaré: param os remos, mudez total, aproximação, emoção, *clau*! De cada nove, acertava-se uma — estatística minha — mas, quando dava certo, que festa! E, quando não dava certo, algumas rãs salvavam a noite. Comíamos a carne do jacaré, e sua cabeça virava troféu a enfeitar a cerca da oficina. O primeiro fogo de minha vida foi em uma dessas comemorações, uma cervejada no boteco do Zé Tibúrcio, na saída da cidade. Cheguei em casa de gatinhas. Sóbrio, porém.

Numa dessas noites, o Repórter Esso, testemunha ocular da História, na Rádio Tupi, deu em edição extraordinária que a Guerra da Coréia havia terminado. O conflito, iniciado em 1950, era, ainda, uma conseqüência da Segunda Guerra Mundial: o Norte comunista, apoiado pelos chineses, lutava contra o Sul capitalista, ajudado pelos Estados Unidos. Na tentativa de unir o país, morreram quase quatro milhões de pessoas, e tudo terminou como está até hoje: dois países em constante beligerância, separados pelo paralelo 38.

Mas o que tem a ver a guerra com nossas férias na fazenda? Quando chegou a paz, o governo norte-americano viu-se com uma enorme sucata nas mãos, vendida aos países amigos por uma pechincha. Assim foi parar em nossas mãos um heróico jipe de uso geral responsável pela mais gratificante lembrança que tenho desses tempos. Nele aprendi a dirigir. Caíto, incansável instrutor, ensinou-me os mistérios da direção, do ponto morto, do desembraio, do breque. Quando estava craque, passei a dirigir a kombi, e o sonho acabou: meu irmão capotou-a, e, daí, nem ela, que foi para a oficina, nem o jipe, na garagem a sete chaves. Um galo cantou em sua cabeça, afogado na salmoura. Final de um capítulo.

Nessa pré-puberdade, nasceram amizades que mantemos até hoje — amigos de longa data — guardados no lado esquerdo do peito, responsáveis pelo funcionamento de nossa memória afetiva, aquela que mantém viva a integridade de nosso próprio eu. Amigos com quem compartilhamos lembranças, crises, culpas, segredos. E vitórias. Amigos que seguraram a mão, emprestaram o ombro, agüentaram o tranco e jogaram no mesmo time.

Passávamos férias juntos. Gabriel, cujo reencontro depois de muitos anos reconquistou o afeto; Lô, afinidade que não se abateu com o tempo; Leme, sonso; Camisa Branca, lastimo contato perdido; Bob Zalen e seu zippo também sumiram; João H., parceiro de muitos carnavais; Digão, sempre atento; Carlão, reverente e ponderado; Strogonoff e suas histórias; Antônio Sérgio, carisma que propagava simpatia, pena que se foi; Serrinha e seu teto solar, outro que também partiu, cuja loucura quase mata o primeiro dessa lista. Amigos que, para entendê-los, muita vez desperto, pálido de espanto, bastava conversar toda a noite, enquanto a Via Láctea, como um pálio aberto, cintila. Amigos que, para percebê-los, não eram necessárias explicações — qual um filme de Fellini — com a egüinha pocotó fazendo o fundo musical, tempo em que Elza namorava Garrincha, e as coisas aconteciam de mansinho.

Lembro o Clube dos Marditos com saudade. Participar dele virou referência na vida; ser seu presidente, a suprema distinção. De suas festas, uma a cada julho, durante mais de dez anos, a que marcou minha memória foi a que organizei. Faltou gelo na boca da madrugada, mas foi um sucesso. Noite que venci uma suada paquera.

Uma loura — todos nós temos uma na vida — passava férias numa fazenda lá longe. Nos primeiros dias, notei-a assistindo a um jogo de pólo, aproximei-me, dissimulado, fiz-me notar. Era bom nisso. Com o correr dos jogos, quartas e sábados, e das festas à noite, a paquera virou cortejo, como se dizia nos velhos tempos. Não ia ser fácil: a concorrência com o Parente seria árdua. Além de a fazenda dele ficar perto — já saía com essa vantagem —, ele era tarimbado, tinha mais anos de janela. E ela, na dela — uma espuma fervilhante de champanhe — jogando seu charme para lá e para cá.

No dia da festa, música ao vivo, eu havia contratado o conjunto e sabia a hora certa das músicas certas, ou seja, cantava com cartas marcadas. Fiquei de prontidão, enquanto não acabasse o *Passo do Elefantinho* e o *Biquíni de Bolinha Amarelinha Tão Pequenininho*, não era hora. Seguiram, então, as românticas italianas, Peppino & Endrigo, e, quando a *crooner* cantou o sucesso de Gigliola Cinquetti, *Non Ho L'età*, senti que havia chegado o momento: *cheek to cheek* e mãos dadas, gesto comprometedor, terminei a seleção namorando a loura. Ouvira Dick Farney cantar "tenho direito!". Respirei fundo, Dick tinha razão, embora o champanhe logo tenha evaporado...

Tempos depois, veio a Semana Santa importante de minha vida, nem de longe tinha me dado conta disso. Cheguei em casa de véspera e recebi dois recados: o primeiro, da prima, avisando que a amiga viria. O segundo, do amigo, queria que eu o acompanhasse, dia seguinte, a comprar tourinhos de meu avô, na fazenda Anhangaí.

Cedo saímos, o piloto acionou o magneto do Bonanza, hora e meia de vôo. Dia todo naquele curral construído de aroeiras inteiras, uma fartura que está lá até hoje, pena que, agora, rodeado de cana. Sol forte, boiada apartada, vamos combinar o preço?

— Agora vamos almoçar — ordenou o avô.

Assim foi. Depois veio o desfile de cavalos, seu orgulho. Acertaram o preço dos tourinhos, o amigo ganhou um potro. A conversa fluía leve, vovô gostava de jovens, quando o piloto deu seu aparte — "teco-teco não voa à noite" — e estávamos no limite do tempo.

Decolamos. Sol no horizonte às nossas costas; à frente, nuvens negras e o Bonanza a rodeá-las. Fomos parar no saco do bode, aquelas voltas que o Rio Grande dá na divisa com o Triângulo. O sol se pôs, os grossos pingos batendo no vidro do avião, os solavancos, o medo, no lusco-fusco aterrissamos numa fazenda oitenta quilômetros antes do destino, e a chuva desabou, intensa.

E agora, como chegaremos? À noite tenho aquele compromisso, a prima havia avisado que a amiga viria, tinha que dar um jeito de chegar. Meu anjo surgiu das trevas: Zé Mendonça era dono da venda e, em sua valente kombi, garantiu a carona. A chuva engrossou, o limpador do pára-brisas mal dava conta de tanta água, senti mais medo nesse trecho que quando ludibriávamos as turvas nuvens do saco do bode.

Finda a tempestade, a lua crescente apareceu no céu. Abrimos as janelas da kombi, o cheiro de charque estava insuportável. Chegamos. Missão cumprida, boiada comprada, banho rápido, Água Fria.

Ao chegar, depois das emoções do dia, percebi que estava sendo aguardado. Bom sinal. Senti no ar a certeza de que mais emoção me aguardava. O dono da fazenda

Água Fria, o tio que eu não chamava de tio, meu querido doutor, disse, alto:

— O sobrinhão chegou!

Era a senha.

Conta a história que, naquela quinta-feira, véspera da Paixão, ela começou seu namoro com este que vos escreve, ao som das músicas da Jovem Guarda, de algumas caipirinhas (novidade para a menina de 16 quase 17) e do olhar consentido do doutor, ensinando que um copo de leite gelado com novalgina cura qualquer ressaca.

E nunca se preocupe, pois pode não acontecer...

Ali começou nossa caminhada, o mundo vivido sob outra óptica, o novo dia, o novo jeito, o novo amor, a nova vida. Troquei de camisa, passei das quadriculadas apertadas para as largas e coloridas, passei da rinchadeira para o mocassim, do Continental para o Minister, da dúvida para a certeza. E, junto, nova energia. Aprendi que a gentileza desobrigada é importante na arte do convívio. É gratificante não mudar a maneira de ser só para agradar, deve-se levar a vida generosamente. Sorrir faz bem e ajuda. Se vivesse outra vez, repetiria. O Amor chegou de vez.

O entusiasmo fez-me avançar no tempo. Voltemos alguns anos.

Vindo do interior para completar o curso primário na capital, cheguei à casa dos avós na Barão de Capanema, com dez anos. Era a terceira rua de minha vida, todavia, de fato, a primeira. As outras duas foram apenas agradáveis recordações de férias; agora não, eu tinha vindo para ficar, de mala e cuia.

A capital estava uma festa, comemorando seu quarto centenário de fundação e inaugurando o Ibirapuera, hoje, a experiência mais paulistana que uma pessoa pode ter, o namoro à beira do lago, o *cooper* para quem se preocupa com o físico, os shows ao ar livre, as águas dançantes, a melhor arte da cidade, o verde. O logotipo famoso, moderno e arrojado, e o dobrado do sanfoneiro Mário Zan estavam por toda parte, um dando o visual, outro, a sonoridade ao evento.

A TV Record chegou com a bola toda, recém-inaugurada. O campeonato paulista do centenário começou, e eu, como bom são-paulino, torci para valer — em vão. Foi o Corinthians de Gilmar, Homero e Alan; Idário, Goiano e Roberto; Cláudio, Luizinho (o Pequeno Polegar, o melhor do time), Baltazar (o Cabecinha de Ouro), Carbone e Simão quem levou o título. Vovó torcia para o Corinthians porque achava o Gilmar *lindo*, vovô gostava da Portuguesa porque tinha Pinga, meia-esquerda driblador, que depois ficou famoso jogando pelo Vasco da Gama.

Meu fanatismo pelo São Paulo Futebol Clube, de Poy, De Sordi e Mauro; Pé de Valsa, Bauer e Alfredo; Maurinho, Albella, Gino, Negri e Teixerinha chegou a seu limite naquele ano. Com o Corinthians levando o título. Lembro-me até de chorar, num final de tarde de domingo, quando o tricolor perdeu para a Lusa (gol de Pinga), 1 × 0, e com isso viu terminadas suas chances no campeonato. Saí para chorar na rua; estava escuro, vergonha de me verem derramando lágrimas por um mero jogo de futebol. A dedicação excessiva a determinados fatos ou pessoas, avizinhando-se da paixão, é passível de cuidado. Excessos prejudicam.

Minha ligação com o futebol, nessa idade, ficou tão intensa que vovó ficou preocupada. Como a seleção brasileira estava se preparando para a Copa do Mundo, eu só pensava nisso. Ela, com jeito, foi me aconselhando, pondo ordem na minha cabeça, usando sua psicologia. O fiasco do time brasileiro na Suíça, perdendo para a Hungria de 4 × 2 nas eliminatórias (com o juiz inglês Mister Ellis "roubando descaradamente", dizia o *speeker*), foi uma ducha de água fria em meu entusiasmo. Ajudou-me a voltar a pensar no cotidiano e nas lições da professora.

Morando na cidade, tive de aprender a viver em sociedade, prestar atenção nas boas maneiras, conviver com os outros. Essa prática deve ter-se iniciado no ônibus do colégio, que vinha apanhar-me em casa, toda manhã. Nele, prestava atenção nas conversas dos outros, em seus assuntos, no jeito de cada um portar seu uniforme, calça ou saia azul, camisa branca. O que não dava para disfarçar era meu sotaque interiorano, à época um sofrido fardo, mas, depois, quando já me sentia senhor da situação, ficou charmoso...

Se a ida ao colégio era de ônibus, a volta era a pé, descia a ladeira da Peixoto Gomide, sete quadras apostando corrida com os colegas de rua ou chutando pedrinhas, e, uma vez por semana, atravessávamos a feira livre para chegar em casa, vivendo um ensaio social de muita utilidade no futuro.

Quase em frente de casa, ficava a academia de ginástica do Delaunay, cheia de moços e moças. Comecei a perceber bonitos exemplares de silhuetas femininas. O despertar da adolescência. A vizinha Christina, três ou quatro anos mais velha, companheira no ônibus do colégio, incendiava a cálida fantasia do garoto, cheirosinha que era. Os amigos de rua, os irmãos Sergio e Bi, e os dois filhos do dono da academia, concorríamos para ver quem sentaria ao lado da moça...

Retornando das aulas, num dia de agosto, vovó estava pintando uma enorme letra "R" na fachada branca de nossa casa. Ela tinha lido no jornal que a população, os paulistas, com certeza, estavam exigindo a renúncia do presidente Getulio Vargas, e quem fosse partidário da idéia que escrevesse a inicial da palavra em lugar visível. Dito e feito, meu avô não achou muita graça, mas, como ela odiava o caudilho desde a Revolução de 32, ele fez que não viu. Dois dias ficou aquele "R" enfeitando nossa casa, pois, no terceiro, logo cedo, ela saiu de casa gritando: "O velho morreu!!!"

Ela havia escutado no rádio que Getulio suicidara-se mergulhado no mar de lama em que seu governo havia se transformado. Fraco e desmoralizado. Por muitos anos, fiquei sugestionado por aquele ato, crendo, realmente, que o gaúcho tinha sido uma lástima para todos nós. "Já foi tarde...", devo ter pensado.

Quando Vargas se fez mandatário, o país era uma república de fazendeiros que dava continuidade ao Império que, por sua vez, era o prosseguimento da colônia. Foi nesse governo que se basearam os alicerces do Brasil moderno, iniciando a fase industrial. No lado político, ele foi um ditador como outro qualquer: censurou a imprensa, prendeu inimigos, centralizou decisões. Mas, na economia, foi diferente: iniciou a substituição de importados num país de indústria insipiente, criou a companhia petroleira, a siderúrgica, a modernização das relações trabalhistas, esse o Getulio que conheci depois.

No esporte, vivíamos o agradável impacto da conquista da medalha de ouro no salto triplo, feito de Ademar Ferreira da Silva, na Olimpíada de Helsinque. Esse atleta paulista, que havia pisado em uma pista de atletismo pela primeira vez aos 18 anos, bateu quatro vezes o recorde olímpico numa mesma tarde, tornando-se herói nacional.

Nós, meninos, tanto no colégio, incentivados pelo professor, quanto na rua, numa pista improvisada em frente de casa, fazíamos o possível para chegar perto da marca dele, evidentemente sem o esperado sucesso, mas com uma garra de fazer inveja. Ficávamos até a hora do jantar tentando, e medindo nossos pulos, sonhando com um promissor futuro. Quem sabe?

A rotina da rua foi quebrada quando surgiram várias máquinas da prefeitura, que começaram a perfurá-la bem no meio e por mais de cem metros. Iam substituir a rede de esgoto — disseram — e, como quase tudo que é feito pelo poder público, a obra durou bem mais que o esperado. Ficou aquela nojeira exposta, acompanhada de seu típico odor. Para atravessar de um lado para o outro da rua, deixaram uma prosaica pinguela, unindo aqueles mundos, nada mais que uma prancha, bamba e estreita.

Meu irmão, de férias por lá, menos ajuizado e com bicho carpinteiro no corpo, fez da pinguela sua aventura. Adorava viver perigosamente, seria um Indiana Jones dos dias atuais. Ia para lá, voltava para cá, a avó a censurá-lo até que ocorreu o previsto: caiu em cheio na bosta boiando. Fato que lhe concedeu o apelido de Zé do Esgoto, epíteto depreciativo que carregou por vários anos, pronunciado em ocasiões especiais, quando se tornava necessária uma dose maior de raiva. Numa briga entre irmãos, por exemplo.

O lado cultural da vida era dado por minha amizade com o professor Affonso Taunay, tio de vovó, diretor do Museu do Ipiranga, e que morava a uma quadra de nós. Interessei-me por História naqueles dias. Até hoje gosto, minha convivência com aquele senhor foi vital. Ele dava atenção especial ao menino, relatava-me histórias da fundação de São Paulo, sua especialidade, e deu-me alguns de seus livros sobre o assunto. Tenho-os até hoje.

Conforme o tempo passava, fui notando em mim a transformação óbvia, o que me deixou mais atento com a aparência: Gumex no cabelo, agora mais longo, a gravata do uniforme sempre no prumo, o sapato preto da Casa Tody engraxado, camisa engomada, calça passada. Um almofadinha. A arte da paquera estava começando.

Nossa casa vivia cheia de parentes, ou melhor, das irmãs e de um irmão de minha avó. Às segundas, jantava Santa, a irmã de quem eu mais gostava, funcionária pública solteirona e que fumava um Macedônia atrás do outro. Bom papo, esclarecida, sabia as fofocas do governo Garcez, sucessor de Adhemar. Às terças, jantava Maria Estela, Tuteca para nós, uma enfermeira completamente lunática, visionária. Sonhava criar a Cruz Branca Brasileira, pois achava a Cruz Vermelha Internacional uma entidade desorganizada, superada e sem futuro. Ela devia ter tido algum problema com eles, e formara então — ou tentava — essa quixotesca ala dissidente de uma só discordante. A própria. Às quartas-feiras, almoçava Nato, único irmão, funcionário do Jóquei Clube e responsável pelas "barbadas" que nutriam vovô de esperanças em dias melhores. Que não vieram.

Aos domingos, era dia de Edith e seu marido, João Xavante, divertido senhor, funcionário da inspeção sanitária do Ministério da Agricultura, pescador de água doce e também de salgada, límpidas ou turvas, em suas muitas horas disponíveis. Como tal, era um relator de fatos um tanto opostos à verdade, como a história de que, em priscas eras, fora pacificador de índios. Daí seu honroso cognome.

Os Xavantes constituíam uma nação indígena forte e orgulhosa, agressiva e guerreira, e só uma pessoa com o temperamento do tio, a pedido do governador, colega de pescaria, teria paciência e coragem de enfrentá-los. Vivendo às margens do Xingu, os Xavantes foram os últimos grupos tribais a manter contato com os brancos.

João Xavante, destemido, infiltrou-se entre eles e praticamente só — dizia ele — conseguiu a proeza da pacificação, pena que não levou um repórter para registrar o fato. Nem ao menos uma foto! Levava consigo alguns quilos de fumo de corda e assim ele começou a catequese. Os silvícolas não resistiram ao forte aroma do "legítimo goiano". Tio João chegou a participar, como xavante honorário, da corrida de troncos de palmeira buriti, celebração anual reservada aos maiorais da tribo. Não conseguiu ganhar, chegou em terceiro, medalha de bronze. Fez bonito.

Nação pacificada, no dia do adeus, a emoção tomou conta de todos e, depois das homenagens de praxe, já dominando o idioma, contava ele, ao descer a barranca do rio para tomar a canoa, escorregou, desequilibrou-se, levou a mão na encosta e, junto com a lama, notou que veio algo diferente: era um diamante de vários quilates. Com a venda do brilhante a uma tia rica, comprou uma casa na praia.

Ninguém dava bola às histórias de João Xavante. Seria um perspicaz mentiroso, até o dia em que fomos convidados a passar um feriado em Itanhaém, em seu modesto, mas cumpridor, bangalô. Na parede da sala, um cocar, penacho colorido, presente do cacique. Perplexo, concluí que noventa por cento das mentiras que o tio contava eram reais verdades...

Ainda falta completar a irmandade de vovó, a tia fraca das faculdades mentais (morava com Edith e acreditava em tudo o que João narrava) e a outra, a rica, vivia em Santos e com quem vovó não se dava. Tinham se desentendido por causa de um anel, de brilhantes, de alguns quilates. Coincidência.

Essa família, de tronco tradicional paulista, descendentes de barão e brigadeiro — o já citado Luís Antônio — fora possuidora de vasta área, mais de dez mil alqueires de terra no Sul do Estado, num lugar chamado Xiririca, próprio ao cultivo de banana. E vendido, também, a preço de banana.

Uma vez por semana, eu ganhava a mesada, que, na verdade, deveria se chamar semanada: ia direto ao jornaleiro na esquina da avenida Nove de Julho com a rua Estados Unidos e comprava gibis do Roy Rogers, Fantasma e Pato Donald. Gostava de saber das proezas do dono do Trigger, o belo cavalo tordilho quarto de milha, coisa rara, queria saber se Diana Palmer já havia marcado casamento com seu noivo, e das aventuras dos sobrinhos Luizinho, Huguinho e Zezinho.

Ainda faz parte dessas recordações a amizade que eu tinha com um certo senhor Miguel, zelador de um enorme terreno baldio perto de casa. Vivia só, nos fundos da área, numa choupana bem simpática, onde eu ia ouvir suas histórias e fumar escondido. O velho tinha longos bigodes amarelados pela nicotina, chapéu de abas largas, canivete no cinto, relógio de bolso com corrente dourada, um tipo. Criava cães e gatos, tinha horta própria, tudo sem luz elétrica, em plena metrópole. Dizia que luz só servia para juntar aleluias!

O fato de eu ter vindo morar na cidade realçou-me a necessidade de viver no campo e eu não via a hora de chegarem as férias, o cheiro da terra, o odor do curral, a cavalgada, o ritmo caipira, tudo me fazia falta.

Os tempos dourados de minha juventude foram vividos na Maestro Chiaffarelli, dos 11 aos 15. Despertei para o mundo, comecei a ter turma, olhar as meninas. Nossa casa, agora alugada pelo papai — os avós moravam conosco — tinha um sótão em forma de torre e uma garagem que não era para o carro, que não havia, era para os campeonatos de futebol de botão. Fazíamos torneios, Marcos Camisa Branca, vizinho de frente, era o melhor, e Miguelito, o pior. Chorava quando perdia.

Para quem não conhece, pode até pensar que os botões são todos iguais, afinal plástico é uma coisa só. Não, definitivamente não. Os botões são diferentes entre si, uns correm melhor na mesa, outros "chutam" com maior precisão — e pasmem — há botões zagueiros, os que sabem defender uma bola adversária com destreza e competência, altos e robustos, igual ao futebol de verdade. A preparação de cada craque, digo, cada botão, é uma arte que requer prática e habilidade. Não era qualquer um que lixava seu botão com a habilidade do Marcos.

Havia transações milionárias, uns vendendo, outros trocando botões entre si. Constituímos uma federação de uns oito ou dez clubes, com ferrenhas disputas. A preparação psicológica do jogador é fundamental, como em todo esporte. No botão é mais. A boa jogada depende da habilidade manual em interação simultânea com o cérebro. *Mind control*, diríamos. Outro fator que influi na *performance* é a vibração do narrador durante a partida: quanto mais apaixonada a locução, melhor. Chegávamos a perder a voz. Só vendo.

Jogávamos também futebol de verdade, no campinho da esquina da Maestro com a Conselheiro Zacharias, uma pequena praça em triângulo transformada em palco de aguerridas pugnas. Onde valia quase tudo. Para reunir a turma, tínhamos um assobio característico, que, como uma onda, ia se alastrando pelos quarteirões. Tal um mágico passe, logo estávamos reunidos. *Fuiufi-Fuiufi-Fuiufi...*

Dividíamos os times no par ou ímpar, cinco vira, dez acaba. Quem vai pro gol? Os dois piores — que sina, a de ser goleiro — repararam que debaixo do gol não nasce grama? Perverso espaço. Compareciam os craques da rua: Marcos (camisa branca, bom de bola, grande técnica, lecionada pelos padres do São Luiz), Bahia (goleiro...), Osnizito (ruim de bola, o cabelo atrapalhava), Paulo de Tarso (irmão dele, gostava de chamar os adversários de vermes, trauma de infância), Ricardo (ponta esquerda, grande cruzador), Flório (tinha a mais bela irmã da rua, jogava no gol), Zé Mário (esforçado, irradiava o jogo ao jogar), Celso (leve, fraco no ataque, pior na defesa), Bizorro (beque central tipo trator, a bola passa, o adversário, nunca!), Zica (exigente e chato, redundâncias), Miguelito (o rei do chachachá), Leme (o CDF do bairro, jogava de óculos), Pedro Paulo (aristocrata, *gumex sed lex*), os Montoros (bons de bola). E eu, que, por modéstia, declino de me qualificar.

Tinha também um chato que morava na Maestro Elias Lobo, a rua de baixo, não consigo lembrar seu nome. Pagou uma nota preta por um sapato italiano, deixou o calçado de lado, pôs o tênis para jogar. As meninas de nossa rua assistiam a essas partidas, umas torcendo por um, outras por outro, ali começaram alguns flertes ou rápidas paqueras, nada mais sério. Nesse dia, elas, examinando o grifado sapato, descobriram, debaixo da palmilha, um *made in Brazil.* Já viram a gozação... Logo ele.

Não sei como, um dia, vovô comprou um carro, e não deixou por menos, um Opel Kapitan, alemão, branco, do ano, um luxo. Junto, veio seu Antônio, o motorista, impecavelmente fardado com o uniforme do Jóquei — cortesia do clube. Agora ele era diretor, e, pelo visto, importante.

Vovó sonhou, então, tirar carta de chofer. Três vezes por semana tinha aulas num Skoda verde-claro da Auto Escola Cidade Jardim. Depois de umas trinta, o instrutor quis ter uma conversa com vovô:

— Não adianta mais tentar, sua senhora nem com cem aulas vai ser motorista...

Foi-se o sonho de ela ser motorista e de possuir um automóvel. Logo se foi o carro, vendido a um tio.

Em casa, tínhamos duas empregadas, ambas na faixa dos vinte e poucos anos, bem ajeitadas: a esguia cozinheira, forno e fogão, nunca deu bola para o garotão, tinha outros compromissos. Assim foi. A outra, copeira e arrumadeira, essa gostava, encantoava o rapaz no sótão, dali só saía resolvida! A paquera começou quando tentei, mas não consegui, vê-la tomar banho. Havia um brinquedo de juntar peças, PoliOpticon, feito de lentes, tubos e conexões, e seu manual explicava como se fazia um microscópio, um telescópio, um periscópio... Era desse último que eu precisava.

Montei o periscópio e instalei-o junto ao vitrô do banheiro delas, tal um submarino quase à tona, inspecionando o espaço inimigo. Lá fora, a escuridão da noite ajudava a manter-me oculto. Lá dentro, debaixo do chuveiro, a água *caliente* embebia a deusa. Porém — tem sempre um porém — a fumaça embaçou a lente. Que merda! Mas valeu, a tigresa mordeu a isca, entendeu o desejo do adolescente e, dali para frente, tudo ficou diferente... Sua cor de jambo, branda sinuosidade, a maciez de seus lóbulos, combustão espontânea.

Enquanto esperava o ônibus do colégio, recolhia o jornal e passava os olhos nos assuntos esportivos, Santos Futebol Clube subindo. Depois, se sobrasse tempo, lia política e notícias do mundo, em *O Tempo*, um diário que não existe mais, e que vovô, por ser amigo dos donos, recebia de graça. Boas lembranças, esse jornal reportou-me importantes acontecimentos: a Guerra Fria, as aventuras de JK, o lançamento do Sputnik, Brigitte Bardot, os gols de Pelé.

Nesse tempo, era chique ser americano. Hoje, nem tanto. Da América do Norte vinha tudo, quase tudo: a música, a moda, o dinheiro, o futuro, a voz. "O que é bom para eles é bom para nós", dizia um político da época. O tempo respondeu que não era bem assim, no novo século ocuparemos nosso lugar nesse teatro global.

Quem nasce na Guatemala não é americano? E em Cuba, o que é? O argentino, não é americano? E nós, o que somos? O costume de nomear somente os do Norte como tal é culpa nossa, resquício de subserviência.

A história é uma disputa, e nosso atraso foi gerado por nosso fracasso; enquanto perdíamos, outros ganhavam. A história do subdesenvolvimento da Ibero-América é a história do desenvolvimento do capitalismo. E o americano do Norte, povo forte que soube aproveitar ocasiões, fez-se como misturar tendências, atencioso e sistemático, cartesiano e óbvio, ativo e laborioso.

Data que recordo por *O Tempo* foi a derrubada de Perón, do governo argentino. Numa manhã fria e cinzenta, abri o jornal, dei com a notícia. Como tínhamos acompanhado, tempos antes, a morte de Evita, esposa do presidente, e sentido o trauma do povo, senti desconforto ao saber da queda do marido, num golpe militar. Veio longo período de instabilidade, que perdura até hoje. Perón voltaria ao poder depois, novamente pelo voto — velho e enfermo — tendo como vice sua nova esposa. Com bons ares de *milonguero*, o povo argentino tem posições que ficariam melhores em uma letra de tango.

Nessa época, lia, às segundas-feiras, *O Mundo Esportivo*, que comprava na banca do polêmico Geraldo Bretas, um criador de casos no mundo futebolístico, às vezes com razão. Quando aparecia no vídeo, elevava a audiência, não pelo conteúdo, mas pela palhaçada que armava. Já naquele tempo havia isso. Conforme os anos foram passando, o prazer que eu tinha pela leitura de jornais foi mudando. Passei a ser leitor de livros. Não que não leia jornal. A relação mudou, o interesse pelo não imediato aumentou, deixei de ser um reles devorador de notícias.

Na casa da Maestro, vivemos a epidemia de gripe asiática; não escapei, faltei uma semana às aulas. Fiquei de cama e assisti pela TV ao Comercial de Ribeirão Preto, em trepidante partida no Pacaembu, subir à primeira divisão. Não recordo contra quem. A emoção foi um tônico para meu corpo doído, cheio de repouso e de limonada. O descanso forçado também me levou a descobrir o rádio, mania que trago até hoje: ouvia o *Telefone Pedindo Bis* da Bandeirantes, com as melhores músicas do momento. Ao anoitecer, não perdia a hora sertaneja e, à noite, era a vez da Rádio Cultura, emissora de elite, jazz e música brasileira.

Foi quando meu irmão veio da fazenda estudar na capital e dormíamos no mesmo quarto. Dez e meia, luz apagada, ordens são ordens, e, ainda sem sono, ficávamos conversando. E fazendo concurso de peidos. O torneio começava na segunda e ia até sexta. Nos finais de semana, não havia, dormíamos em horários diferentes, eu sou mais velho. Não lembro quem era o melhor nessa modalidade competitiva, creio que ele, que, muitas vezes, me acordava no meio da noite para testemunhar mais um ponto...

No final dos anos 50, meu pai conseguiu, com um tio deputado, um financiamento na Caixa e começou a construir a casa própria. Quando estávamos para nos mudar, vovô morreu. Apesar de estar doente, enfisema, fumava muito. Fiquei chateado. Gostava dele. Achava o velho "um barato", era aquilo que eu não era, boêmio, simpático, de um carisma hipnotizador.

Advogado, eu? Nesse tempo, findo o ginásio, tínhamos que optar, no curso colegial, se íamos para o clássico ou para o científico. O primeiro servia de base para as faculdades de letras, filosofia, línguas, direito, e o segundo para os estudos das exatas, medicina, engenharia, agronomia. Por influência desse avô, advogado do largo de São Francisco, a mais tradicional escola paulista, fiquei inclinado a seguir o clássico, cheguei a inscrever-me, mas o pai "cortou a onda", convenceu-me de que filho de fazendeiro tinha que ser agrônomo. Creio que acertei.

Nesse final de década, perdi o avô e mudei de casa, outro baque: meus tempos na Maestro foram de ventura, e felicidade é o mais simples dos sentimentos, que vem e vai sem a gente perceber. Daí sua simplicidade.

A nova fase, a mais longa na capital, cinco anos fixos e seis anos nômades, foi na Nevada, pequena rua travessa da Groenlândia, na casa própria. Quando para lá fomos, a rua tinha esse pomposo nome, mas interesses políticos mudaram para Taufik Camasmie, seguido do adjetivo Humanitário, abaixo da placa. Esse senhor, diziam, era amigo do prefeito Adhemar de Barros, e vovó, quatrocentona até o último fio de seu grisalho cabelo, não admitia a troca: "Para que puxar o saco desse turco?"

Fizeram um abaixo-assinado com quase todos os moradores — iniciativa dela — para voltar para Nevada. Não deu em nada, um dos terrenos era de um capitão, amigo do prefeito. E ficou o dito pelo não dito.

A Taufik é uma rua curta, pouco mais de cem metros, e estreita, só dá para estacionar de um lado. Se parar um de cada lado, fecha-a, razão de frugais desentendimentos havidos entre os moradores ao longo dos anos. Por ser pequena, todos éramos conhecidos: à esquerda, morava um coronel médico, homem de poucas palavras, antipático, cuja esposa eu nem conheci. À direita, vivia um viúvo quieto e educado, bonitão, balançava a cabeça toda vez que nos via, dono de um laticínio cujo logotipo da manteiga era um avião. Como vovó também era viúva, fazíamos empenho, mas nunca trocaram palavra — que eu tenha visto —; não passaram do respeitoso bom dia, boa tarde, boa noite. Pena.

Do outro lado, morava a tensa francesa, seu tenro marido nacional e três cachorros, um pequeno, um médio e um grande, esse último fazendo xixi e cocô toda manhã no nosso jardim, não obstante nossos protestos, que tornaram as duas senhoras inimigas íntimas, dando um colorido especial aos relacionamentos. Defronte, morava o corredor de automóvel, que nem a cumprimentava, e ela achava bom: "Isso não é profissão!"

Ao lado, uma casa de aluguel, alta rotatividade, e vizinho dessa, o tal capitão do Adhemar, que logo construiu.

Da rua dava para ver um enorme retrato do amigo prefeito, na parede da sala. Na esquina, morava dona Zizinha, a *socialite* da rua, que não dava bola para a ralé. Entre ela e o viúvo da manteiga, duas casas: uma de uma tia, que eu sempre freqüentava, era amigo de suas filhas, e a outra, onde morava uma bela jovem senhora, com um destoante sotaque caipira, desquitada de um jogador de pólo. Sua filha é, hoje, *socialite top* do nosso *jet-set*.

Nossa casa vivia cheia: vovó era a perfeita anfitriã, gostava do movimento da moçada, bem justificava o pomposo título que a ela demos: presidenta do MMM, entidade sem fins lucrativos, voltada ao bem-estar dos netos e de seus amigos. Seus estrogonofes com batata-palha, aos sábados, eram concorridos e ela sentia-se realizada em poder proporcioná-los.

Para ir ao colégio eu levantava às seis e meia, tomava o trólebus 54 às sete e quinze e descia na esquina da Augusta com a Jaú. Às sete e quarenta e cinco, batia o sino da primeira aula. Essa rotina foi repetida por cinco anos, o último do ginásio e os quatro do científico, pois repeti o primeiro.

O 54 era uma festa, vinha arrebanhando as meninas do Zoazô e, quando eu entrava no ponto da Quilombo, o ônibus estava todo florido. Embora fosse tímido, e sei as oportunidades que perdi debitadas a esse acanhamento, fiz bons relacionamentos. Para muitas festas fui convidado nesse trajeto. Anos depois, no casamento de minha filha, encontrei uma delas, e, no meio do barulho da dança da Macarena, contou que meu apelido entre elas era "Pão". Pena que tenha ficado sabendo disso com 38 anos de atraso.

Na volta da escola, pegava o 51 e, embora precisasse andar um pouco mais, pois descia na avenida Europa com a Groenlândia, compensava. Vinha repleto de meninas do Ginásio Ofélia Fonseca, saia azul, blusa branca com gravata de pontinhos coloridos. Uma graça.

Outras vezes voltava a pé, descia a Augusta parando na loja de discos quase na esquina da Franca, junto ao Banco Noroeste. Lá conferia as últimas novidades, Elvis Presley cantando *Tutti frutti*, Pat Boone cantando o tema do filme *Pic nic*, The Platters cantando *Only You*, Adoniran fazendo sucesso com *Saudosa Maloca*, aparecendo Juca Chaves e *Por Quem Sonha Ana Maria?* Nesse tempo, a Augusta era o *point* de São Paulo: tudo de bonito acontecia lá, com seus trilhos sem bonde e calçada de paralelepípedos. Contavam que, numa noite dessas, um de meus amigos, que Deus o tenha, jogou querosene nos trilhos, ateou fogo, ficou linda aquela fina cobra luminosa. Outra vez, outro amigo, esse bem vivo até hoje, passou diante do Cine Paulista (com suas cadeiras listradas em preto-e-branco), uma longa fila de gente jovem reunida para assistir ao *Rock Around the Clock* (de Bill Halley and His Comets), com a bunda de fora, prensada no vidro da janela traseira da kombi, coisa feia!

Confundia-se sexo com safadeza. Hoje, sei que uma coisa nunca teve nada a ver com a outra, a vida mostra-nos que não são sinônimos. Pelo contrário, não havia fato mais meigo que um início de namoro. Na matinê, com o filme já começado e a alma transbordando de carinho, primeiro o mindinho, depois o seu vizinho, a mão inteira, aquele trocar de olhares meio sem jeito e... o namoro começava. E que contentamento, dava vontade de sair a exaltar aos olhos do universo, gritar, mostrar a todos como estávamos felizes! E, quando o filme acabava e as mãos continuavam unidas, era a imagem do mútuo comprometimento, queríamos que todos vissem e compartilhassem. O beijo — a próxima etapa — só depois de muitos filmes ou a bordo de um Ray Conniff no chá dançante do domingo. De lá para cá, com a chegada da pílula, houve uma revolução nos costumes, tudo ficou racional, direto. A libido, a lascívia e a sensualidade passaram a fazer parte das coisas normais, nada de mistérios. "Tudo tem seu tempo certo, tempo para amar, coração aberto faz chorar."

Mudando para a Taufik, meus contatos com a turma da Maestro foram diminuindo, como era de esperar, e comecei a andar com os primos e com o pessoal do clube. Dos 15 aos 18, o primo Lô e seu primo Zalen, com quem aprendi a jogar sinuca, foram assíduos companheiros. Cheguei até a morar na casa dele uns quatro meses, enquanto vovó estava na América, visitando parentes.

Foi quando freqüentei o estádio do Pacaembu em dias de Tricolor — o Morumbi nem existia — e aprendi a dançar com as aulas da Madame, entrosei no miscela sociedade do Paulistano. Nesse clube, juntei-me aos Vikings, um grupo de adolescentes que faziam o maior auê nas festas que freqüentavam. Éramos temidos e ao mesmo tempo admirados pelas meninas. Tais bagunças, como colocar purgante no ponche, dependurar-se no lustre da casa da festa, dar "um pau" no Aero Willys do pai ou "um malho" no Tóten, quando relatadas, hoje, parecem ingênuos contos infantis. Mas, naquela época, era o máximo, ser um viking era uma honra. Havia também outro grupo, barra mais pesada, os *Didões*. Eu não tinha gabarito para acompanhá-los. Seu ponto era o Frevo, na Oscar Freire.

Nesses anos, freqüentei o apartamento do Bael, primo mais velho e que, segundo meu pai, era meu guia espiritual.

Não chegava a tanto, mas creio que ele me influenciou, ao pregar a religião "à toa" contra todas; nossas discussões sobre os mais variados temas invadiam madrugadas. O primo dizia-se ateu, com brio e convicção, e sua opinião parecia prevalecer, fazia força para que seguíssemos sua orientação. Como ateísmo era uma palavra forte, brincávamos que ele fundara o baelismo, doutrina de um só seguidor, e fazia reuniões para adentrarmos em tais vocações. Numa delas, ao terminar, resolvemos tomar um chope no Stromboli.

Subindo a rua da Consolação, na altura do cemitério, furou um pneu de seu fusca verde. Descemos, acoplamos o macaco, levantamos a roda enquanto ele, com a chave xis, retirava os parafusos. Trocado o pneu, na hora de apertar as porcas, demos pela falta de uma delas: procura daqui, procura dali e nada de achar a porca naquela escuridão. Começava a acreditar ser algo sobrenatural, defronte ao cemitério, quando o primo veio com essa:

— Se Deus existe, que faça aparecer a porca em minha mão, agora!

E jogou a chave de roda contra o paralelepípedo da Consolação. Junto com o som do ferro batendo na pedra, pulou a porca para a mão dele, sem antes configurar uma parábola naquela escuridão. Ela havia ficado presa numa das quatro faces da ferramenta. Deus existe, constatamos. O primo calou-se, estava provado, mas sua crença naquele instante estava mais preocupada era com os chopes que estavam por vir...

Foi no Dante que estudei o ginásio e o científico e, dentre os colegas que a memória resgata, recordo um italiano. Franco sentava ao meu lado, na segunda fileira, perto da janela, segundo andar, na sala de frente para o parque do Trianon. Chegou ao Brasil, hospedou-se no Hotel Ca d'Oro, e, na semana seguinte, sem falar bulhufas de português, estava a meu lado no colégio. Seu pai era diretor da Pirelli. Franco era bem de vida, fino, inteligente, típico italiano, gozador e sutil, uma mistura de Mastroianni e Modugno, com um pouco de Virna Lisi. Louro de olhos claros.

A afinidade foi instantânea. O europeu estava alguns anos a nossa frente, sabia das coisas, aprendemos. Fundou o jornal da classe, *O Bizun*, cujo título nem ele sabia o significado. Lá tecia picantes comentários dos colegas, dos mestres, da cidade, de seu novo país. Eu corrigia seu frugal português, que logo foi melhorando e em um ano já escrevia igual a nós. Seu bom curso de latim na Itália aplainou as arestas das dificuldades.

Pegou uma borracha Pelycan tamanho família e, com rara habilidade, transformou-a num carimbo. Não distinguíamos se era uma aranha ou um polvo e ele começou a marcar os cadernos dos colegas. A todos dizia ser um *bizun*. O carimbo tornou-se o logotipo do jornal, um semanário independente, objetivo e justiceiro.

Franco mudou-se do hotel para uma rua perto de casa e então começamos a estudar juntos. Aliás, estudar não é bem o termo. Na casa dele havia uma empregada, moreninha de uns 18 anos, Angélica (*Êndiélica*, na pronúncia italiana), uma graça, servia-nos o chá das cinco, Tender Leaf. Com torradas. Kiko, aquele de Cravinhos, estudava conosco. Feliz.

Franco casou com uma brasileira e voltou para a Itália. Desde então o perdi de vista. Qualquer dia desses — se Deus quiser — quero revê-lo.

A casa da Taufik tinha um quartinho de estudo nos fundos, onde comecei a estudar pra valer, pensar em faculdade, olhar o mundo com olhos de candidato a vestibular. Na moldura do quadro-negro, escrevi com tinta negra "Hei de vencer", auto-ajuda que me perseguiu. E funcionou. Fazia o terceiro ano colegial pela manhã e cursinho à noite. Muito estudo. Desse quartinho, sofri com a renúncia de Jânio, a adoção do parlamentarismo, Jango no poder e suas instabilidades, a crise dos mísseis soviéticos em Cuba, o assassinato do presidente John Kennedy, o bicampeonato de futebol no Chile.

No vestibular para agronomia, prestado em Piracicaba, fiquei excedente, ou seja, aprovado, mas não classificado, entre os duzentos primeiros. E esses oitenta alunos restantes foram matriculados na Federal do Rio de Janeiro. Ali fui morar no Quinto Alojamento da última quadra do campus, num apartamento de dois quartos, com uma sala no meio — éramos oito — quatro pra lá e quatro pra cá.

A meu lado, morava um australiano, agrônomo-agrostologista já formado, e que fazia no Brasil um estudo de um novo capim, uma tal de *bracchiaria*. Achava estranho, pois ele falava com convicção de que o capim colonião estava superado, vejam só! E eu, a conversar com aquele gringo ainda a macaquear a sintaxe lusíada, via naquilo tudo um total mal-entendido, surrealismo tropical. Pois bem, eu dormia ao lado de um técnico que ajudava a trazer para nós o capim africano que foi nossa salvação, o capim que tornou o Brasil competitivo e hoje líder mundial da pecuária bovina. E estava levando o moço na gozação...

Do outro lado, dormia Laerte — figura ímpar, dois não existem —, companheiro até nas trombadas, amigo que o tempo não afastou.

Meu apelido era Jasmim. Diziam os cariocas que eu era parecido com um pintor de retratos lá do Rio, que iniciava carreira, depois ficou famoso. E, para o australiano, aquele nome fixado no crachá era o meu próprio. Assim, a seu jeito, fui chamado por ele de Djeismin e, com o tempo, o apelido com sotaque britânico prevaleceu. Todos aderiram. Achava engraçado.

No trote, cortaram meu cabelo *à la* índio moicano, rapado dos lados, longa faixa em cima. Fiquei assim um mês, e ia para a cidade "numa boa", parecendo desses *skinheads* de hoje, antecipava-me ao tempo. Fui a uma quermesse em Barra Mansa e, de tão assediado, precisei terminar a noite com o boné emprestado do pipoqueiro, um português vascaíno — óbvio — fabricante de pipoca doce. Uma delícia típica de lá.

Morar no subúrbio, longe do agito de Ipanema, era muito chato, de maneira que, quando dava, o DKW levava-nos à badalação da zona sul. O Rio ainda guardava o charme de ex-capital federal. A cidade terminava no Leblon, calma e segura. O brizolismo depois a deteriorou. Fomos algumas noites ao Beco das Garrafas, onde a bossa nova dava seus primeiros passos. Lucio Alves e Dick Farney cantavam *Tereza da Praia*, de um tal Tom Jobim. Tomávamos um chopinho no Zeppelim, no Maracanãzinho assistíamos ao campeonato mundial de basquete masculino, no Maracanãzão, aos dribles do Garrincha, à garra de Nilton Santos, à elegância de Didi. Com esses três, mais Pelé, qualquer time ganharia qualquer Copa.

No Túnel Novo, todo o tráfego — carros, táxis e lotações — ia daqui para lá. Só o bonde podia circular na contramão. Achei o fim da picada apelidarem o referido túnel de mata paulista, embora não tenha conhecimento de nenhum conterrâneo ter falecido no pedaço.

Nas praias, Copacabana estava em reconstrução. Bombeavam areia da baía para lá, aumentando sua largura. Ficou linda! Mas lá ainda não circulava o biquíni, o que havia era o duas-peças, bem comportado. À noite, o tomara-que-caia começava a dar o ar de sua graça. Às vezes, até caía. Nas telas, Oscarito e Grande Otelo faziam-nos rir (*O Homem do Sputinik*), no teatro Nélson Rodrigues questionava a sociedade (*Perdoa-me por me Traíres*), e, na *Última Hora*, as certinhas do Stanislaw, a beleza de Elizabeth Gasper, a fartura de Carmem Verônica, a leveza de Rose Rondeli, a miss campeonato.

O carro chique nas ruas era o JK, nada mais que um Alfa Romeo italiano travestido de tupiniquim; o Simca Chambord, preto de preferência, dava um toque de classe às alamedas; e os fuscas começavam sua heróica trajetória. Mas meu preferido era mesmo o DKW, a pequena maravilha alemã, bordô, banco único, abrindo suas portas daqui para lá. Ideal para uma prensa.

"Se acaso você chegasse, no meu barraco encontrasse, aquela mulher que você gostou, será que tinha a coragem de trocar nossa amizade por ela, que já lhe abandonou..." Lupicínio Rodrigues, Elza Soares, bons tempos o Rio proporcionou.

Na hora de dormir, o rádio sintonizava a Jornal do Brasil e, da meia-noite em diante, ouvíamos os *Ritmos da Panair*. O australiano vibrava, era como se voássemos nas asas de um *constellation*. De vez em quando meu descuido, ou sono, levava o dial para a Rádio Mundial, onde Alziro Zarur clamava por Jesus. Era o começo dessa febre que até hoje persiste.

Anexo à agronomia, funcionava um curso feminino de economia doméstica, e suas alunas, as patiobas, não eram nenhum primor em beleza. Quando começávamos a achá-las bonitinhas, estava na hora de ir para a cidade. As patiobas eram nosso termômetro.

Enquanto vivi no Rio, estudando no subúrbio e passeando em Copacabana, a vida andou difícil na fazenda. O país, no governo Jango, passava por momentos contraditórios; não estávamos preparados para conviver com o jugo sindical e aprofundar as reformas, as chamadas "de base". Isso acentuou a polarização da sociedade, a esquerda desguaritada *versus* a direita cabeçuda. O presidente perdeu o apoio da burguesia e, para evitar maior isolamento, reforçou suas alianças com o reformismo, ainda que tênue e aprendiz. E o resultado no campo foi catastrófico. Apareceram ligas camponesas por todo lado, depois travestidas em sindicatos que, desorientados, infernizaram a agricultura, insegurança sem limites.

No Rio, tinha notícias da fazenda pelas cartas de minha mãe. Apareceu um advogado, doutor Villa, que ateou fogo nas relações dos fazendeiros com seus empregados. Como muita coisa não estava correta — aquilo era o certo para a época — e alguns fatos só mudam com a corda no pescoço, a tensão foi aumentando, as reclamações trabalhistas se avolumando, a produção e a vida rural chegaram a uma conjuntura perigosa, até greve tivemos na fazenda. As cartas contavam que meu pai enfrentou com coragem tudo aquilo, defendia o que achava justo, chegou a ter corpo-a-corpo com os amotinados. Conquistou confiança, depois teve que contratar meu tio advogado para defender-nos das ações. O tio morava em São Paulo. Competente, conseguiu êxito em quase tudo, ajudado pelo ocaso de Jango e selado com o golpe militar. O tio era excêntrico, aquilo me encantava. Vinha de São Paulo em seu Cadillac preto, rabo-de-peixe, vidro elétrico e chofer, tocando violino durante o trajeto e lendo as partituras, apesar dos solavancos da estrada: Bach, Beethoven e Mozart. De vez em quando, ia de Vivaldi; nem sempre, achava-o inferior. Sua carona extasiava-me, sua doidice, achava "o máximo".

No final do ano, estourado em faltas numa e em notas noutras duas matérias, tranquei matrícula, abandonei o curso. Não gostava de lá, não conseguia ficar longe da namorada, por mais hipnótica que pudesse ser a Cidade Maravilhosa. A vida estava nebulosa, meu futuro era um longínquo ponto, além do horizonte azul... Quando cheguei, a namorada recebeu-me dizendo "chega de saudade!", sucesso musical da época. De muita ternura ela vestiu suas palavras.

Como cada um de nós compõe sua história — e a esperança deve ser regada com orvalho —, cada um carrega em si o dom de ser capaz de ser feliz. Voltei para casa, comecei de novo. Fiz outro vestibular, naquela altura já sabia a tabuada de cor. O tempo mostrou que eu tinha razão.

Voltei para Piracicaba. Na Voluntários, vivi outro mês e meio de intenso estudo, 16 horas por dia. Dessa vez, deu certo, venci. A fase hesitante de minha vida havia terminado. Senti-me no rumo. Havia encontrado aquele ponto no horizonte azul. O futuro começava.

Para quem chega, a primeira coisa que chama atenção é a maneira nativa de falar, dialeto que chamamos piracicabanês, o oposto do chiado carioca que emoldurava meus ouvidos, no ano anterior. No dialeto, as palavras guardam certa semelhança com a língua portuguesa, contudo, com sabor regional, típico. Horrível, mas sinto saudades.

Assim, em vez de falar "caixa de fósforos", eles dizem "caixara de fórfe"; "carcanhá de moça", "ásara de pássaro", "bícaro de pato", "ócro de rái-ban", "óio de breque", "orêia de mula", "pastér de carne", "minduim torrado", "chenelo de dedo", "já-que-tá-que-fique", "digue-nem, treis veiz, lazarento!" "Sárta sordado marvado da sarjeta que lá vai pórva..." E lá, "melhorar" não é verbo, é comprimido. E sulfa é "pó pá tapá taio".

Mais uma: ele passava na rua, viu o amigo assistindo à TV, exclamou:

— Firme!

— Não, futebór...

Nem bem comecei a nova vida, com o trote ainda a atormentar, no 1º de abril estourou a Revolução de 31 de março. Como ficava chato dar a data verdadeira ao golpe, que foi no Dia da Mentira, preferiram o dia anterior. Só lembro que foi um atropelo. Correu o boato de que a polícia iria vasculhar as repúblicas, buscando material subversivo, e, antecipando-se a ela, passamos a noite no fundo da casa a incinerar livros e panfletos que pudessem ser considerados como tal. Assim, queimamos, entre muitos, *O Capital*, de Karl Marx, propriedade de um colega. Lastimo não o ter lido. Foi a última oportunidade que tive de tornar-me um esquerdista. De lá pra cá, só atuei na arquibancada, assistindo ao jogo, nem de perto cheguei à butique.

Meus companheiros de república primavam pela heterogeneidade: havia um bem à sinistra, dono daquele livro e de uns pesados óculos; outro bem à direita, descendente de tradicional tronco paulista. A barba ruiva era sua prova. Um nissei cônscio de suas responsabilidades universitárias e discípulo do primeiro. Havia o namorador-de-vizinha. Toda tarde perfumava-se depois do banho, Glostora no cabelo bem repartido e partia para a luta. O outro era calouro como eu, hábil e perspicaz, gostava mesmo era de uma boa putaria, sabia bem desempenhar essa função. E, finalmente, o Amigo que me convidou a lá morar, desinibido, bem relacionado com todos, as meninas do *society* que o digam, idealizador da cantada pragmática. Convivi meu primeiro ano nessa mistura, diga-se, uma feliz miscelânea.

Nesses remotos idos, lembranças sugerem confetes, pedacinhos coloridos de saudade, quando motivos conduziam esse Amigo e eu a andar ponteando lugares em busca de afeições, quem me dera eu tivesse a viola para cantar! Numa dessas andanças, a máquina bordô levou-nos a horizontes nunca dantes explorados, o DKW com o escapamento rachado chegou à terra do ZanziBar, no caminho das Gerais. A brisa que suaviza a distante imagem lamentou a seresta que não foi cantada.

Estávamos, pois, o Amigo e eu, jantando na casa de uma jovem, a mesa completada com sua progenitora à cabeceira, fina senhora, a mana, atenciosa e sutil, o irmãozinho magro e orelhudo. E uma amiga, trigueira morena, da terra. Alguma cerimônia ainda voejava quando nos foi servido o prato principal, suflê de palmito — especialidade —, requinte da velha cozinheira, anciã cujos olhos branqueavam, vista cansada. E nada de ela querer usar óculos!

O apetite tomou conta de todos. Silêncio. O palmito, qual um cometa a desmanchar no céu da boca, mensurava a qualidade do jantar. Quando eu esperava pela repetição, delícia de suflê, observamos o Amigo lutando com algo estranho dentro de sua boca, a circular de lá para cá e daqui para lá. Ele tentou, enfim, trazer o entulho para os dentes da frente, quem sabe seus incisivos não seriam capazes de dar cabo àquela inconveniente matéria? Nada! Voltou ao fundo da boca. Suou frio, quase engasgou.

Vencido, o Amigo, com a *finesse* que lhe é própria, olhou para lá, desviou seu olhar para cá, ninguém reparando, cuidadosamente levou o garfo à boca, devolveu o objeto a uma borda do prato. Ainda bem que ninguém viu.

A curiosidade, contudo, dominou-o. Com o garfo na direita e a faca na esquerda, deu uma reviradazinha naquilo. Examinou. Pareceu-lhe estranho, o que seria? Mas era igual a uma fatia de palmito, contudo, sem a textura nem o gosto. Triste dedução.

— Que foi isso, Henriquinho? — perguntou a mana, atenciosa, sutil.

— Não é nada, não! — tentou disfarçar, pegando, outrossim, um palmito de verdade.

— Como não é nada? — insistiu.

Nessa altura, todos ficaram interessados no mistério. Seria uma mutação genética de um novo palmito, com aumento de lenhosidade das palmáceas e maior carga celulósica? Nessa altura, a mãe de nossa anfitriã interrompeu, curiosa:

— O que é isso?

— Nada não...

— Mas como não é nada?

Sucumbiu.

— É... é... é a t-tampa... da pia — respondeu o Amigo, com ar de réu, já condenado.

Silêncio geral.

— Zefina, por favor, venha cá! — polidamente, a senhora clamou pela mestre-cuca.

Zefa pegou o objeto e examinou.

Explicado o embaraço, catarata, justificou, a divertir com a insólita situação, nossa jovem e bela anfitriã. "Despacho", atalhou a cozinheira, sorriso brejeiro, insinuando corrigir, a olhar fixo para mim.

— Você bem que poderia ter engolido essa borrachinha! Me fazer passar esse "carão"!! Pra quê?? — decidiu Zefina, desviando seu olhar para ele.

Realmente, a referida borrachinha, redonda e corroída pelo uso, vários anos a tampar a pia da cozinha, era mesmo semelhante a uma saborosa fatia de palmito. E não ficamos sabendo qual a razão, nem naquela noite, nem nunca.

Servido o suflê, veio a sobremesa, morangos com um *chantilly* maroto. E o jantar da tampa da pia virou assunto. Depois do café e das despedidas, rumo de casa, amanhã temos aula. A velocidade pranteou na estrada de terra até o asfalto e o escapamento do carro ruiu de vez. Ao chegarmos, altas horas, foram todos acordados pelo ronco do DKW.

Entrei no quarto, e o sono não veio. O barulho do carro havia me agitado. Coloquei uma vela acesa na boca da garrafa, vazia, de vinho tinto, levei-a ao alto do armário, apaguei a luz. Um disco na vitrola, Joan Baez levava-me a outros mundos cantando *Blowin' in the Wind, Forever Young, El Preso Número Nueve.* O sono chegou.

O ano acabou com um marechal na Presidência da República, o primeiro ato institucional em vigor, várias cassações de políticos, histórias para contar e uma dependência em matemática. Nas férias, mudei de república. Fui morar com o pessoal do meu ano. Havia me aproximado mais da cidade que da escola, sentia necessidade de um convívio maior com os colegas de classe.

Morei três anos na república da rua João Sampaio. Lá aprendi a exercitar a arte da convivência — todos iguais — e a palavra "cerimônia" foi banida do dicionário. Meu companheiro de quarto trocava o dia pela noite, usava as madrugadas para escrever cartas à namorada, e, embora fosse uma pessoa que se concebia pela razão, tinha lampejos de rara sensibilidade. Vizinho a nós, habitava, só, o comedido mestre, à época apenas um galanteador de balzaquianas. Lá no fundo, o polêmico par que pouco se comunicava, o futuro político, por ora apenas um inteligente anticonvencional, seqüela de uma paixão avassaladora, e mal-resolvida, junto com o raro conversador, quieto, bom sujeito, sempre com ar de "onde é que eu vim amarrar minha égua?". Os dois primos moravam juntos no quarto seguinte: o sabido personagem de turvas proezas, e o outro, um entusiasta adepto de eventualidades. Defronte ao nosso, residia o Titã, aguerrido torcedor da macaca campineira, com sua loura cabeleira, qual um ninho de anu, livre à brisa. Que Deus o tenha. E o pindamonhangabense CDF, nosso contador. Éramos nove.

A empregada, a quem chamávamos respeitosamente de dona Yolanda, era uma senhora pouco envergonhada, branca e nariguda, feia. Uma vez, voltando da escola mais cedo, encontrei-a sentada no colo do verdureiro, em posição de sentido, surpresa de ver-me àquela hora. Ele, um distinto indivíduo de quase-boa reputação, não sabia onde colocava seu ereto mastro. Diante do quadro, quem ficou sem jeito fui eu. Senti-me, literalmente, um desmancha-prazer.

Hoje, passados alguns anos, almoço e fico satisfeito em comer com simplicidade, como nos tempos da república. Dona Yolanda, devido a sua intensa vida social, faltava muito. Nós nos arrumávamos. Titã refogava o arroz e abria uma lata de sardinha, refeição pronta, bom apetite. Aquele arroz a sorrir-nos com seus infinitos dentes brancos descia feito luva, lubrificado pelo azeite da sardinha.

O quarteirão não estava todo construído. Da frente da casa, víamos a rua da outra quadra e parte das vizinhas, com suas subidas e descidas, perfeito circuito. Nosso colega, futuro político, adepto a emoções, numa noite de inverno, despertou-nos altas horas, rangendo os pneus de seu fusca branco, conseguindo dar tudo o que o motor agüentava e a caixa de câmbio suportava. Assim se passou quase uma hora, circundando o quarteirão. De início, a vizinhança acordou assustada, reclamando do barulho. Depois, não vendo alternativa, todos aderiram. Virou festa, aplaudimos. E nosso campeão só terminou a prova quando um pneu dianteiro estourou. Suado, cansado de tanto amar, abriu a porta do fusca, saudou o povo. Vitória. E, como não havia champanhe, brindamos com Tatuzinho. A esse feito foi dado o nome de *Circuito Drepo*: drepo é o inverso de podre. Por que aquilo? Extravasamento de emoções. Sentimentos contidos.

Outra vez, em data não longe dessa, todos dormindo na quietude da noite e argüição de bioquímica na manhã, ele chegou à república com uma banda de música. Não sei onde ele a arrumou. Posicionou silenciosamente seus integrantes ao redor da mesa e, ao sinal da colher de pau de dona Yolanda, deu início à sessão.

Uma bem afinada *Marselhesa* ecoou, quebrando a paz da madrugada. Também aqui, como no *Drepo*, aderimos.

Não havia outro jeito. Depois do hino francês, a banda atacou marchas militares, *Cisne Branco*, e nossa prova de bioquímica ficou para segunda chamada.

Hoje, até que é divertido contar esses causos. Adotamos, por força das circunstâncias, o que diz o ditado: "Quando não podemos com alguém, aderimos". João era dose pra leão. Continua...

Nos meses de inverno, a friagem costumava causar uma lesão nos tecidos dos vãos do pé, principalmente entre o mindinho e seu vizinho: a frieira era comum em nossos artelhos, e muito fizemos para dirimir tal incômodo. Primeiro, tomamos consciência de que se tratava, além do frio, da umidade, e procuramos melhor enxugar nossos pododáctilos. Depois, com o auxílio da meia usada, antes de ela ir para o cesto de roupa suja, fazíamos o enxugo final, ziguezagueando-a com o auxílio das duas mãos, uma em cada ponta, tarefa que necessitava não só de prática, mas também de habilidade.

Mas o mal persistia.

Veio a luminosa idéia. Na fazenda, havia um barulhento ventilador, em desuso devido a isso, e consegui que ele nos fosse doado, depois de explicado o problema e perfeitamente compreendido. Instalei o Walitta em meu quarto, em cima do armário, ao lado daquela garrafa vazia de vinho tinto, com sua ação ventiladora fixa, voltada para os pés da cama. Um conjunto de fios de barbante grosso — sisal cedido por uma namorada — tornava o acionamento uma tarefa fácil, dali debaixo. Quando fiz a instalação, mereci um olhar de descrédito de todos. Como toda inovação, foi incompreendida e de difícil assimilação. Dei de ombros. Quem viver, verá. Havia aprendido isso nas aulas de sociologia.

Ficamos esperando a primeira frieira aparecer. Logo veio. Nosso colega de Pindamonhangaba, depois de um feriado no úmido vale do Paraíba, trouxe de lá uma enorme, em estado avançado. Não vendo alternativa, procurou-me. Posso usar? Claro! Esperava ansioso pela oportunidade, sentia-me um professor Pardal.

Depois do banho, secou os dedos e, enrolado na toalha, submeteu-se à sessão. Deitou, levantou os pés para o alto e ligou o Walitta. O barulho da máquina invadiu a casa. Todos ficaram atentos, na espreita do êxito ou do insucesso. Meu coração palpitou. Cinco minutos de ventilação, e ele saiu feliz, rindo e indicando com o dedo, positivo, que não só os artelhos estavam secos como também todas as saliências e reentrâncias de seus "países baixos", prevenindo possível futura micose, quem sabe?

Sucesso! Com o tempo, adesão total, fila, pusemos em prática nossas aulas de bioquímica, excesso de umidade leva à proliferação de microorganismos. Lição aprendida na prática, e lembrada para sempre.

Por falar em sociologia — permita-me divagar —, a vida em república é a síntese da vida em sociedade. Lá se aprende a dividir, escutar, conhecer os outros e a si mesmo, controlar despesas, usar da liberdade que ganhamos por viver longe de casa. Os amigos desse tempo são irmãos. Digo isso com felicidade. Só essa riqueza já valeu os anos de faculdade. Lá aprendi que amigo "é coisa para se guardar debaixo de sete chaves, dentro do coração". "E qualquer dia, amigo, a gente volta a se encontrar."

Vizinha à nossa, havia outra república, e nela habitava um rústico agricolão, sua aparência lembrava longinquamente um artista hollywoodiano, intérprete do medieval *El*

Campeador, que lutou contra os mouros nas despidas planícies da meseta castelhana. Nos crepúsculos ensolarados, as cadeiras na calçada, as duas repúblicas reuniam-se a trocar idéias e cambiar caipirinhas, quando aparecia um distinto senhor, atuante membro do Exército da Salvação. Líder do bairro. Vestido a caráter, terno vincado e pespontado de veludinho grená, gravata da mesma cor com nó cebola, óculos de fundo de garrafa verde-limão, caído no meio do nariz, impecável lenço branco no bolsinho da lapela, borzeguim marrom engraxadérrimo, e o típico boné cobrindo sua meia-calvície. Nunca perguntamos seu nome, tal o respeito que nos passava, sempre a comentar fatos do cotidiano, a aconselhar-nos o melhor caminho, a falar de Deus e do Evangelho. Uma conversinha que, às vezes, enchia o saco.

Uma tarde dessas, esse senhor estava explanando suas conjecturas, nossa atenção voltada a ele, quando vira a esquina uma doce criatura, deliciosa biscate conhecida de todos nós, e adentra a prosa, sem mais, nem menos. Nosso interlocutor logo se pôs a tratá-la como um de seus casos a recuperar: afinal, ele tinha vindo ao mundo para isso. Ela, "tô nem aí...". A conversa foi ficando desconexa.

Percebendo o clima, o rústico hollywoodiano, no afã de aliviar o ar que respirávamos, convidou a moça para visitar seus aposentos. No que ela topou incontinenti. E seguimos com a prosa, cadeiras encostadas na parede, pés descalços, ombros desnudos, o sol se pondo, o gelo da caipirinha acabando, afinal, era uma só geladeira para nove bicões. E o cavalheiro continuou seus proclamas: era nos contestados da doutrina de Cristo e nos ditames da igreja metodista que residiam a solidez de seus argumentos.

A tarde caiu, a conversa fluiu, o gelo acabou, agora vai assim mesmo, cachaça no seco também vale, quando lá de dentro começamos a ouvir suaves gemidos, dela e dele, depois sons lastimosos, alto, só ela, e agora plangentes lamentações, queixumes. A seguir, impetuoso berro. Sobressalto geral, o que foi?

O distinto senhor, macaco velho dessas matreirices da vida, refletiu, inclinou-se de sua natural postura, olhou para o céu. Resignado, concluiu, colocando-nos à vontade:

— Pelo rumor que ora ouço, o cavalheiro deve estar pondo no fiofó da dama!...

E mudou de conversa, voltando à vaca fria. Tal fato o rústico hollywoodiano não confirmou, tampouco desmentiu.

Esse tempo, além da escola, era vivido nos bares, cervejadas, garotas de todo trato, unida a alegria sem compromisso. Recitando um verso da americana Gertrude Stein, "a alegria é a coisa mais séria da vida", verificava que grande parte de nossos conhecimentos universitários estava sendo percebida nas mesas de bar. A troca de idéias elucida, educa, seus assuntos invadem a madrugada, ora como um riacho em corredeira, assuntos polêmicos, ora como um córrego de águas serenas, românticos diálogos.

Mesa de bar é aquele lugar onde se toma porre de liberdade, onde companheiros se reúnem no pleno gozo democrático, todos iguais. Em nenhuma outra época vivi tão intensamente o que representa ser uma mesa de bar. Aprendi a medir a espuma que corre do copo de cerveja. É lá que coração, fantasia e realidade se confundem, onde o suor dessa loura mescla-se com os suores da vida. Ao redor do copo fabrica-se um mundo melhor, levanta-se o moral de quem está na pior e a lágrima da mágoa se enxuga no pano da toalha do garçom. Onde todo mundo é sempre bom e todos derramam as coloridas tinturas de suas abstratas alegorias, e, da mesma forma, as ficções se embaralham.

Num final de tarde, amigos reuniram-se no boteco da rua Alferes com a Treze. Começaram discutindo a política econômica do ministro Roberto Campos, guru da direita agricolona. Depois falaram das medidas de exceção, assunto dos bordôs, passaram pelos festivais de bossa nova e terminaram examinando o potencial genético das nativas, analisando a tese do porquê de elas terem avantajados pés e canelas grossas. E a mesa foi enchendo, enchendo, ela media um por um, ou seja, um metro quadrado, e cada garrafa tem por base oito por oito centímetros. Na saída, já no cu da madrugada, fizeram a conta e, orgulhosamente, constataram a mesa cheia de 164 garrafas, vazias. Haviam bebido um metro quadrado de Brahma. E o país de Bob Field estava a salvo, todos os subversivos no xadrez, Tom e Vinicius de garganta seca e as meninas da cidade com a orelha quente.

E os amigos, armados da maior "fogueira", dia seguinte tinham aula das oito ao meio-dia e das duas às cinco. Haja saúde. E saco.

Noutra data, "caía a tarde feito um viaduto com o bêbado vestindo luto", o sol morria no horizonte, e o colega das turvas proezas, numa secura de dar dó, viu passar pela nossa calçada uma senhorinha, conhecida de nós outros. Deu uma primeira cantada, nada. Uma segunda, idem. Tentou a terceira e levou uma invertida. Não teve dúvidas. Agarrou a moça, levantou-a pelos braços, suas pernas a se agitar, no ar, gritos e palavrinhas, ele adentrou o recinto, faturou a donzela. Na marra. Tudo bem, sabíamos que ela era do barulho, que, no fundo, estava até gostando. E todos entraram. Contudo, ninguém lembrou que a democracia moderna faculta à jovem a hora e o dia de querer dar. Moral da história: houve queixa, respondemos a demorado processo, o advogado dela era um azougue, o nosso, uma besta. No final, fizemos uma vaquinha. Valeu o bom senso.

Por esses tempos, vivi tropeços, se soubesse lá tudo o que sei cá, teria sido diferente. Certeza. Existem muitos tipos de amor e passei por vários.

O platônico, aquele que achamos só existir nos livros, vivi. Não chegou a ser como o de Dante por Beatrice, em que o autor da *Divina Comédia* esperou nove anos para abordá-la — vejam só —, vendo-a passar todos os dias na calçada em frente a sua casa. No meu caso, como foi platônico, ninguém ficou sabendo, ficou por aí, morreu sem ter nascido.

O seguinte é o etéreo, aquele que cremos evaporar, mesmo que siga outra relação. E sejamos felizes. Nesse caso, como foi cortado subitamente, no ar parado restou um lamento, como um arco-íris enfeitando a tarde, depois de uma chuva passageira. E que, ou logo se vai, e acaba, ou fica pendurado no adeus, como uma roupa a secar no varal. Mas onde mesmo termina o arco-íris? No elevado celeste ou lá longe no horizonte?

O outro é o amor bem resolvido. É aquele que consegue vencer as fases: simpatia, atração, paixão. Paixão pode virar obsessão. Cuidado, se isso acontecer, fuja. Paixão pode ser destrutiva — por uma mulher, por um time de futebol, não importa por quem. O bom é paixão virar amor, sentimento racional, que com o tempo, queiram ou não, disfarça-se em convivência. Cautela com essa etapa, é perigosa, há de haver resignação para resistir a ela e não virar só amizade. Amizade é um sentimento que leva ao tédio. E tédio é o fim. O fim não tem o sentido de término. A relação pode ter fim e não acabar. É comum.

É por aí. Voltemos ao mundo.

Eu ia muito na república dos primos. O moreno, o louro, o alto e o forte. O primeiro, colega de aula com quem eu estudava, tinha o costume de corrigir as apostilas e, curioso, quase sempre seu argumento triunfava; o segundo era um primoroso comentarista do cotidiano, pronto a dar as últimas, daqui, dali, de acolá; o terceiro vencia seu lado temperamental e de irritante opinião própria com uma sincera sinceridade; e, com o quarto, aprendi mais a ouvir que falar, e bronzear o corpo na piscina do clube de campo cronometrando tantos minutos de cada lado, de frente e de costas. Completando essa lógica havia dona Mariácia, a cozinheira, atenta aos problemas dos meninos e a reclamar o barulho dos vizinhos, futebolistas do tricolor emprestados ao time local: Muca, Pescuma e Nondas, com quem os primos filosofavam observando respeitoso convívio. Seguiam eles a linha da coexistência pacífica, preceitos ensinados pelo colega Tripé, cujo apelido indicava seu valorizado atributo.

Dia desses, já nos tempos atuais, estava com meu genro aguardando embarque no aeroporto de Cuiabá e ele apareceu. Já meio calvo, com certa massa sobrando-lhe à cintura, sinal de prosperidade, o papo fez voltar aos tempos de escola, a afinidade de sempre, realçada com a segurança de ele ser hoje um bem-sucedido. Você, como vai? E você, vai bem? Seguimos aquela conversa de quem não se vê há tempos, e, nas entrelinhas, expliquei ao genro a razão do apelido. Percebi que Tripé sentia, ainda, a altivez de haver possuído, nos distantes dias de mocidade, tão soberba alcunha.

Não contendo minha curiosidade, perguntei se sua performance havia vencido o decorrer dos anos, as agruras da vida moderna e a inadimplência de certos credores. Sua resposta foi clara, rápida e rasteira:

— Não possuo mais aquela pressão de antanho, mas sigo dando conta!

E voltou ao assunto de sua especialidade: o preço da matéria-prima na composição dos fertilizantes nitrogenados...

Assim seguia a vida. Meu último pouso em tempos de república não foi na cidade, foi numa chácara.

Todos conhecem um brinquedo, um aparelho óptico formado por um tubo de cartão e pedaços de vidro colorido que refletem espelhos inclinados, e que apresentam a cada movimento combinações variadas. O desvairado ano de 1968 assemelhou-se a um caleidoscópio, qualquer lado que se apresentasse, novas formas vinham à luz.

Foi um ano revolucionário, numa revolução de poucas bombas e tiros, só pichação de muro, pedrada, alto-falante a gritar, massa humana e irreverência, fazendo tudo aquilo que parecia ser consistente desordenar e evaporar. Foi o ano enigmático do século XX, chegou sem avisar e pouca gente — vivendo-o — conseguiu entendê-lo. Tempos depois, quando caiu a ficha, percebemos que aquele furacão humano avassalava a insatisfação de uma juventude oprimida, rejeitando a manipulação que valorizava o capitalismo e repudiava o socialismo, na Guerra Fria que poucos percebiam.

Se me pedirem para descrever o Éden, domicílio de Adão e Eva, lembrarei sempre de Xerembore, esse era o cognome da chácara em que vivi o último ano de estudante. Era um quieto e seguro sítio além da porta do cemitério, numa encosta de um córrego de águas paradas. Depois de quatro anos vivendo em república, saudável e democrático pouso, vivência que, no fim, tendia à insuportabilidade, a vida calma chegou na hora certa, os companheiros também, veteranos de uma vida vivida, ávidos por sossego.

Vivíamos duas vidas, essa de Xerembore, em que a afinidade prevalecia, o diálogo e o afeto sinalizavam velhos amigos e nós nos entendíamos uns aos outros sem muito explicar, porque aspirávamos a iguais esperanças. E outra, a vida de fora, a vida dos outros. O mundo varrido por manifestações entre estudantes, operários e policiais, que se chocavam sem razão de ser, espremendo-se num ilusório vácuo, ponto de partida para coisas concretas, as transformações éticas e políticas, sexuais e comportamentais, incomodando o futuro de modo irreversível. Lá eram revistos ideais ecologistas, feministas, defensores de minorias e direitos humanos.

Assuntos antes pouco tratados, verdadeiros palavrões, para a época.

A vida em Xerembore era alienada: eu valorizava meu cotidiano, pensava na noiva e no casamento, estudando o suficiente para terminar o curso. Sombra e cerveja. Contrastava com os conscientes, os politizados que esperneavam e protestavam, acreditando que poderiam mudar o rumo dos acontecimentos. O que, creio, tinham até certa razão.

Boas lembranças essas, da alienação, as caipirinhas preparadas pelo Alexandre ao entardecer, o rádio Zenith plugado em *Um Piano ao Cair da Tarde* dos 700 megahertz da Eldorado, o molho da salada da Florinda (uma flor ainda em botão), as tochas iluminando nossos saraus, com o ronco da motocicleta do Carroça ou a suavidade da gaita do Zé — de fundo —, escutando as histórias mirabolantes de um austríaco (quase) louco. Tudo sem esquecer a constante companhia dos pernilongos sugando nosso sangue e de Zigfried, a aranha peluda, nossa mascote, presa na garrafa a espionar-nos, tal uma agente do KGB, o serviço secreto soviético.

Lá fora, a contestação assumida gerava o movimento hippie: jovens vestidos de maneira chocante, barbas e cabelos por fazer a rejeitar a sociedade que os criou — em nome da paz e do amor — num universo alternativo próprio, que, infelizmente, não suportou o convívio com as drogas. Foram tempos que nos incitavam a um aguçado exame da vida interior. Quebravam-se os vínculos da repressão sexual. Tempos de músicas de protesto e de contracultura, de substituição de costumes e mudança de mentalidade.

O que hoje analisamos com essa nitidez, lá atrás passou batido. Se eu fosse dez ou quinze anos mais moço, teria vivido outra vida? Teria escolhido outro caminho? Boa pergunta.

Foi mergulhado nesse caleidoscópio que terminei o curso, com Daniel Cohn-Bendit liderando massas estudantis em Paris, o alemão Herman Hesse pregando abandono à introspecção, Janis Joplin e suas doidas canções, Geraldo Vandré caminhando e cantando e seguindo a canção, reclamando, solene, que somos todos iguais, braços dados ou não. Ano do assassinato de Martin Luther King, líder do movimento negro norte-americano, tempos que Alexander Dubsek vivia a Primavera de Praga, o início do fim do comunismo.

E aqui, no Brasil, o AI-5 fechava um agonizante Congresso, decretava intervenção nos estados e municípios, suspendia direitos políticos — uns até com razão — e sinalizava a transição macabra de regime militar para a ditadura, o começo do autoritarismo propriamente dito, tempos de IPMs, DOPS, SNI e outras siglas. E nós, em Xerembore, esperando o ano acabar, sob o olhar vigilante de Zigfried.

Terminei o curso. Quanto à agronomia, modéstia de lado, considero-me um bom profissional. Aliás, fui. Depois de quase quarenta anos de formado, a gente não pode mais pensar que continua a ser um engenheiro agrônomo. O tempo passa, as ciências evoluem mais que nós, é natural, e, com o atravessar dos anos, sem querer, passamos a desempenhar atividades burocráticas. Hoje, meu maior trabalho é observar se os outros trabalham, estou mais para sombra e ar-condicionado que para sol e poeira. Virei um devorador de relatórios. Quando me dei conta, já era.

Logo que saí da faculdade de engenharia, acreditei cartesianamente que todo projeto iria dar certo, quanto deveria custar cada coisa e como deveriam comportar produtor e consumidor. Nada pode fugir ao controle. Com os anos, passei de engenheiro a jardineiro. Esse, ao contrário, tem uma visão mais humilde; o jardineiro não constrói o jardim, apenas rega e aduba o terreno, controla a infestação das ervas daninhas, cria condições ao florescimento das plantas. E, em geral, acerta menos pelo que faz, mais por tudo aquilo que resistiu à tentação de fazer. Acerta porque cria o ambiente adequado. E deixa acontecer.

Casado e de volta ao aconchego, trazendo na cabeça um punhado de sonhos, no rosto, o sorriso espontâneo e, nas mãos, uma séria vontade de vencer, fomos morar numa casa emprestada pelo tio-padrinho na rua Sete, na cidade onde nasci. "Quem casa quer casa!", disse-me ele ao saber que iríamos ficar com meus pais até que nossa casa terminasse. Acertou, a ele agradeço, e sua convivência requintou-me, creio, depois da rusticidade de alguns anos morando em república.

Foram 16 meses marcantes, os primeiros de uma nova vida, os nove de minha mulher preparando outra pessoa, nossa filha. Em meio à tranqüilidade, assistimos pela televisão à chegada da nave Apollo 11 à Lua, nosso governo fazer outra reforma monetária, criando o cruzeiro novo, instituir o Mobral, decretar o AI-5. Aprendi, com o tio, a comer faisão e apreciar o tinto francês. Vi, também, o quanto é inútil o talher de peixe, nunca entendi sua razão.

Foi um ano agitado: além da bipolarização mundial oscilando entre capitalismo e comunismo, a Guerra Fria levava insegurança a todos, e o conflito do Vietnã questionava o Ocidente de sua necessidade. Nesse clima de insatisfação, foi criada a grande festa, quase meio milhão de pessoas encontraram-se numa pequena cidade perto de Nova York, unidas por um ideal, resumido em três palavras: sexo, drogas e rock'n'roll. O festival de música de Woodstock foi um evento que, só tempos depois, percebemos sua influência, marco divisor nos usos e nos costumes.

Morar na cidade onde nasci foi — como direi? — o reconhecimento de um débito antigo, que me fez bem. Consolidamos antigas e fizemos novas amizades, fato que o lugar natal proporcionou. Para minha mulher, foi importante essa fase, ela que tinha saído, solteira, da metrópole, direto para o interior, radical mudança. Ser voluntária no hospital fez-lhe bem, sentir-se útil é ótimo. Lá ela aprendeu de noções de medicina a fenômenos sociais, passando, muitas vezes, pelas manifestações da alma. Só deixou o cargo quando a gravidez adiantada lhe impôs serenidade. Trabalhar com enfermos amadurece, mostra-nos um mundo sob uma ótica distinta da usual.

Nesse tempo, aprofundei uma amizade com um primo de meu pai, a quem eu chamava de tio, e que foi muito importante na consolidação de minha nova vida. O Baixinho tinha por nós peculiar estima, aparecia em casa nos finais de tarde para bater papo e beber um uisquinho. Outras vezes saíamos a correr lavouras nos finais de semana, procurando orientar-me em tudo o que lhe era possível, mostrando que cultivar algodão, minha nova atividade, não era tarefa tão simples.

Havíamos comprado uma fazenda para o agrônomo recém-formado. Como ela fazia parte de uma outra vida, ficamos com a antiga colônia, benfeitorias em péssimo estado — dos tempos do coronel — que precisavam ser reformadas. Para tal, contratei pedreiros, tendo à frente seu Nildo, paraibano arretado, atarracado e barrigudo, homem de sete instrumentos, que me deu, logo, um susto: o orçamento de seu serviço ("o que é combinado não é caro!") era além daquilo que eu podia — mas vá lá — um corte aqui, outro ali, chegamos ao denominador comum. Combinamos: segunda-feira pode começar!

Havia três casas para reformar, com um quintal nos fundos, um pomar de mangueiras, goiabeiras e abacateiros. Com o tempo, fiquei amigo daquele senhor, eu, começando minha vida de fazendeiro, ele, construtor (como gostava de ser chamado) de reconhecida competência. Nossa amizade foi se alicerçando, uma mútua confiança foi nascendo. Contava-me de sua bem constituída família, casa própria, patroa feliz, filhos adultos, todos letrados.

Só havia uma dúvida não resolvida em sua vida, perfeitamente sanável, não fosse o medo que tinha dos odores de um hospital. Ele possuía uma baita hemorróida, rubra aurora de trezentos e sessenta graus, que insistia em desabrochar nos mais ingratos momentos. Tentei convencê-lo, era uma cirurgia rápida e rasteira, meu amigo enfermeiro, hoje piloto de Air Bus, havia explicado. Em vão. Sabendo de seu problema, fiquei mais atento a seus atos, realmente aquilo o afligia. De repente, sumia do serviço, adentrava ao pomar e voltava um tempo depois, aliviado e risonho, e eu não tinha coragem de perguntar-lhe o que ia fazer lá. Afinal, o serviço corria bem, não estava no direito de esmiuçar sua vida particular.

Numa tarde, após reforçado almoço, ele foi e não voltou. Cheguei na obra e logo seu ajudante foi dizendo, havia bom tempo ele estava no pomar. E nada de voltar!

Fomos procurá-lo. Achamos.

Estava ele sem calça, gemendo ao pé de um abacateiro, e, aos prantos, explicou sua arte. Havia inventado um remédio para sanar seu mal: toda vez que sua aurora desabrochava, ele corria aos abacateiros, procurava cuidadosamente um fruto dos mais lisos, daqueles compridos e pequenos, com a oleosidade dos tenros e, cuidadosamente, com carinho, ia se ajeitando. Aquela verdadeira manteiga ajudava a recolocar tudo de volta ao lugar de origem. Prática infalível. Usava-a tanto que levava alguns frutos para casa, podia precisar à noite. Assim, com o uso excessivo, foram acabando os frutos pequenos e alongados, restaram os maiores, redondos e ásperos. Razão do infortúnio que ora lhes conto.

Naquela tarde, depois de procurar e não achar, o paraibano contentou-se com um fruto maior. Foi seu erro. Feito o serviço com o afago de sempre, o abacate entrou. E não saiu. Veio o desespero, quanto mais tentava, mais difícil ficava.

Foi quando chegamos. Ainda tentamos, que coisa esquisita de ser feita! Nada conseguimos, só no hospital, sob anestesia, o médico terminou seu préstimo. Aproveitou a oportunidade e, sem consultá-lo, reformou por completo seu destruído orifício. Ficou jóia, relatou o facultativo.

Depois veio o pior: a cidade ficou sabendo, deu até na rádio, ele ficou conhecido como o Mister Abacate. Não resistiu às gozações. Juntou seus teréns e sua patroa, voltou para a Paraíba, lá ninguém sabia. Seus filhos, letrados, não ligaram ao fato, aqui ficaram. Perdemos um bom profissional, ele deve estar construindo firmes residências por lá e, por via das dúvidas, disseram, levou para o Nordeste sementes de abacateiro. Medo de recaída.

Enquanto isso, minha lavoura de algodão ia de vento em popa, financiada a juros compatíveis pelo Banco do Brasil. Essa transação aproximou-me do fiscal do empréstimo, a pessoa que vai à fazenda de vez em quando ver se estamos trabalhando de acordo. Aprendi muito com ele. Pegava-o cedo em sua casa, passávamos o dia juntos. Era divertido. Ele era mais velho, regulava com meu pai, sua experiência de vida tornou-o um narrador do cotidiano, contador de causos. Aqui vai um deles:

O banco financiou um fazendeiro lá dos fundos do Morro do Chapéu que queria plantar milho e experimentar a última novidade: fazer adubação de cobertura com sulfato de amônio, trezentos quilos por alqueire, recomendação da Luiz de Queiroz. Garantia de colheita farta! Feitos os aprestos, aração e gradagem, semente selecionada, esperou a chuva de outubro. Plantou. No dia de o banco liberar o dinheiro, o fiscal foi lá fazer a vistoria. Tudo certo, só faltava um item, queriam garantia real, não valia só a assinatura. Hipoteca, nem pensar, o fazendeiro arrepiava ao escutar esse nome.

Começaram a estudar a tal garantia, poderiam ser tratores, mas também estavam financiados, não dava, e a camioneta, idem. Foi quando o fiscal levantou os olhos e viu aquela tropa a pastar no pasto do jaraguá, bem a sua frente. O fazendeiro era criador de mulas e burros, seu jumento era famoso em toda zona. Relógio relinchava às cinco, pontualmente.

— E a tropa, pode ser?

— Mande fechá-la no curral, vamos ver.

Assim foi, passaram os asininos na porteira, todos, menos Relógio. Com ele não houve acordo, era temperamental.

Feitas as contas, chegou-se a um número, dava apertado para ser a tal garantia real. O fiscal foi até o fusca, pegou a marca do banco, um BB invertido. Fogueira acesa, serviço feito, cada animal agora tinha seu ferrete.

Passaram-se os dias, choveu bem, veio a granação. Na colheita o fiscal foi à fazenda, aconselhou o fazendeiro a não vender o milho a preço baixo. Faria outro empréstimo, de armazenagem. Pagaria o velho com o novo, agora o próprio milho garantiria.

A tropa estava sadia, bem cuidada, crina cortada, cascos aparados, pêlo liso, as mulas e os burros estavam sendo amansados, sua venda daria bom preço a puxar carpideiras nas roças de algodão.

Mas veio a seca, longos meses sem chover, o capim fracassou. O fazendeiro não teve dúvidas: o milho estava ali mesmo no armazém, no jeito. E a tropa não podia "esmagrecer"! Dava gosto ver as mulas comendo.

Quando o milho chegou a bom preço, o fiscal foi — eufórico — dar a notícia ao fazendeiro. Cadê o milho? Metade havia sumido! Desapontado, não esperava aquela desonestidade do amigo.

— O que aconteceu?

— Não podia deixar minha garantia morrer, uai!

— Mas e o banco?

— Isso cê dá um jeito, uai...

Novo financiamento, a nova safra paga a velha, começou a ladainha que perdura até hoje.

Mudemos o assunto, voltemos para a rua Sete.

O jardineiro do tio que morava defronte a nós era um baiano da cor da jabuticaba, lá pelos quarenta, forte, simpático, falante. Santiago tinha nascido em Água de Meninos, bairro de Salvador, e, quando soube que minha mulher também era da mesma cidade, sentiu-se em casa. Havia migrado de lá havia pouco, seu sotaque denunciava. E vivia, ainda, como um peixe fora d'água, um nostálgico, gostava de falar do mar, do porto, das ladeiras e das lavadeiras, das feiras, do céu azul, do moinho, dos saveiros, dos caranguejos na lama, de tocar berimbau com as moças do Cabula, da doce brisa da Boa Terra. Saudade de Gal, de Caymmi, ah! Dorival. E de Baiaco, centro-avante do Bahia, "nem digue..."! Santiago não agüentou. Voltou.

Tempos depois, numa gincana beneficente, foi-nos pedido um berimbau. Não havia um só berimbau na cidade, Santiago havia levado o seu.

Meus dois primos de nove e sete anos não saíam lá de casa, ela aprendendo a cozinhar, ele especulando minha vida, refletindo que gostava de apreciar paisagens agrícolas. Quando queríamos paz, eu cantava a música do filme *Un Homme, une Femme*, sucesso da época, com letra de minha autoria, para ela com estribilho Chata-da-Naná, Chata-da-Naná. Para ele, Chato-do-Dudu, Chato-do-Dudu. Eles ligavam o desconfiômetro e saíam de fininho.

Essa fase acabou. No mês seguinte, morando na casa nova da fazenda, nossa filha nasceu em São Paulo.

Embora eu entendesse que a futura mãe, grávida de nove meses, devesse ficar em casa, fui vencido pela renitência. Fomos ao cinema. Entramos no Marachá, lá no começo da Augusta, que hoje não existe mais, sessão das dez de uma quarta-feira. O filme, *Stilletto.* Saco de pipoca na mão, sentamos, limpei os óculos — ritual de sempre — e ficamos no bate-papo. O tempo foi passando, nada de a luz apagar. Passados quinze ou vinte minutos, a platéia reclamou — assobios e palmas — e o gerente foi à frente:

— Por um problema técnico no projetor, pedimos desculpas, não será possível realizar a sessão. Por favor, passem na bilheteria que terão seu dinheiro de volta.

Voltamos para casa. No caminho, o fusca sacolejando, ela reclamou de dor de barriga, pediu para ir mais rápido. Chegamos, direto ao banheiro e... nada. Alguns minutos, outra vez, depois outra vez, e outra vez.

— São contrações, nosso filho está avisando que vai chegar!

Telefonei ao médico.

— Já para a maternidade. Pode ser.

Na hora de irmos, vovó acordou, disse que ia conosco apesar de já ter tomado seu remédio de dormir. Bromural. Meu irmão e minha mãe chegaram, juntaram-se a nós.

Como vêem, seguiu uma comissão de parentes à maternidade — esperado evento — primeiro bisneto, primeiro neto, primeiro sobrinho, primeiro filho.

Filho não, filha. É que, naquele tempo, ficávamos sabendo o sexo só na hora do parto, emoção maior. Hoje, a ciência nos revela com antecedência se vai ser fêmea ou macho, a novidade da luz se foi. Serviço de parto da meia-noite às seis, normal, vovó dormiu a noite toda na cama ao lado, fiquei com os dedos da mão doloridos de tanto serem apertados. O dedo da aliança ficou roxo. Bebê sadio, Carolina nasceu às seis e meia da manhã da quinta-feira, uma semana antes do previsto, razão de minha sogra não ter, ainda, chegado da Bahia.

Carolina? De início era esse o nome e assim ela foi chamada nas suas primeiras quarenta e oito horas. Quando a sogra chegou, entrou no quarto toda sorridente:

— O bebê é perfeito? Já escolheram o nome?

— Carolina.

— Oh! Carólina é lindo!

— Carólina? Não! Já não vai mais...

Acharam graça, deram-me razão, não estavam acostumados ao baianês da sogra. E nossa filha, num repente, ficou sem nome, desnomeada. Depois de longa tertúlia em busca de nova qualificação à recém-nascida, não se chegava a nada, apareceram vários nomes e nenhum satisfazia a todos. Instalou-se a perplexidade. Sem perceberem, recolhi-me a um canto, pensei e escrevi num pedaço de papel meia dúzia de nomes de meu agrado — nomes bem tradicionais. Entreguei à mãe, sob o olhar vigilante da vítima, que estava mamando.

— De qualquer desses aí eu gosto, podem escolher.

Agora deu unanimidade, elegeram o bonito nome da primogênita, nascida poucos dias antes do tri no México.

Nesse tempo, julgava-me maduro, a vida já tinha reunido facetas dispersas em meu ser, e o temperamento da gente se constrói sobre esses vários eixos, que se cruzam continuamente. Cada um deles representa dentro de nós os colégios onde estudamos, os amigos que passaram, os temores e os amores, os poemas e as canções, os lemas e os dilemas, os trabalhos que realizamos, a família que constituímos, enfim, *os caminhos por onde* andamos.

Vivemos os anos dourados dos Beatles, que cantavam uma canção chamada *When I'm Sixty-Four*, e que tinha uma frase que dizia "Quando eu tiver 64 anos, você precisará de mim?" Com meus 26, 27 anos, tal verso passava-me despercebido. Hoje, entendo bem o que queria dizer o autor Paul McCartney, antevendo seu futuro profícuo e olhando para frente, em contraste com seu companheiro John Lennon, que, quando dissolveram o quarteto, falou "...O sonho acabou!". Este morreu assassinado logo depois e seu sonho, realmente, acabou. O outro, com setenta anos, teve uma filha, feliz, útil a todos que o cercam. Personalidades distintas, como os caminhos pelos quais andamos, tipificam seus indivíduos, e o argumento de programar-se para depois dos sessenta é intrigante. Mas não podemos fazer disso uma obsessão. Faz mal.

Depois de morarmos quase sete anos na fazenda, a idade escolar de nossa filha levou-nos de volta à cidade. Como víamos necessidade em mudar para a cidade — e a situação estava difícil —, precisei empinar um papagaio no banco para mobiliar e equipar o novo lar, sem desmontar a matriz. Assim considero a casa da fazenda.

A mudança trouxe-nos novos fluidos: a filha estudando, novos amigos, nova vida. Nosso filho era pequeno. Depois de brincar com os amigos no saguão do prédio, não conseguia apertar o botão no número seis do elevador. Restavam-lhe, então, duas opções: ou ficava esperando alguém chegar e pedia-lhe o favor, ou ele mesmo apertava o quatro, até aí ele alcançava. E subia os dois outros andares pela escada. Antes dos quatro anos, revelava conhecimentos de logística. Logo ficou popular.

Os anos em que moramos nesse apartamento alugado foram os mais profícuos de minha vida, na visão profissional. Foi o tempo em que mais pensei no mundo exterior, nos negócios, devo ter dado pouca atenção ao que acontecia dentro de casa. Estava com aquela avidez própria da idade, progredir, endinheirar. Admitia uma utopia comum a muitos e que, depois, com o passar dos anos, num julgamento que só o tempo nos permite, concluí que foi demais! Se tivesse sido menos afoito, teria dado no mesmo. Perdi no lado afetivo: lá se foram os anos em que a família mais precisou de mim. Tudo bem, acordei em tempo, creio, de nada adianta chorar o leite derramado.

Aprendi que todos nós, que vivemos neste mundo, formamos uma caravana que marcha confusamente. Cerca-nos uma natureza inconsciente e a certeza de que a ajuda e o consolo podem vir de qualquer um. Muitos gostam da gente, embora não consigam exprimi-lo; por isso, nos momentos difíceis, a ajuda pode vir de pessoas inesperadas. E, para amenizar, lançamos mão de velhos preceitos, "amai-vos uns aos outros" (suma divina), "uma mão lava a outra" (como disse meu amigo caçador de macucos, *one papaia wash the other*), ou "Deus dá o frio conforme o cobertor"

(Adoniran Barbosa, em *Saudosa Maloca*). Nessa caminhada onde os passos se misturam, cada um pode ceder um pouco: assim conseguiremos dar dignidade a essa obscura debandada.

Vivendo e aprendendo. Com o amigo caçador de macucos, aprendi outro doutoral saber. Andando nós dois numa cálida tarde cearense à procura de artesanatos para as patroas, reclamei do calor e do arrependimento de ter saído com aquela calça. Seu tirocínio e sua experiência de vida revelaram-me, no ato, a impropriedade do uso da cueca quando se está a portar uma calça jeans. O aperto aumenta o calor, disse ele. Entrei na *toilette* de um restaurante e livrei-me dela. Vi a comodidade chegar na hora, e, notando minha felicidade, ele veio com um indispensável adendo: como o último pingo é sempre dela, precisamos usar camisa longa e sempre por dentro da calça. A parte lá embaixo faz as vezes dela, e, quando urge — envolve-o — e absorve a referida gota. Lição de amigo é sabedoria em dose dupla.

Nessa fase da vida, trabalhei bastante. Cheguei a ter um punhado de atividades de uma só vez. Labutava desde o raiar, voltava para casa já noite. De fusca e pista simples, lidava com nossas roças, engordava uns boizinhos, na usina produzia olhaduras, participava da diretoria da cooperativa e de sua federação, ajudava a nascer a destilaria de álcool.

Nesse tempo, vivíamos a incerteza do futuro do petróleo — a Opep puxou o tapete do mundo —; logo agora que trafegávamos na banguela do milagre econômico do ministro Delfim. Em poucos meses, o barril *spot* pulou de dois para quatorze, chegando, depois, a quarenta dólares. Aliás, essa dúvida, a incerteza do futuro do petróleo, num passe de mágica deixou de existir de uma hora para a outra. Creio que se resolveu não pensar muito para não desesperar. Me engana que eu gosto!

Com Geisel na Presidência, sobrevivemos fazendo do ataque a melhor defesa. Ao invés de pisarmos no freio, mãos à obra, aumentamos a busca de nosso próprio petróleo. Lançamos o Proálcool, abrimos a Ferrovia do Aço, construímos duas hidrelétricas tamanho família, Tucuruí e Itaipu, e contratamos o vaga-lume nuclear. Afinal, ninguém é perfeito. Resumo da ópera: em uma década, a dívida externa brasileira passou de doze para cem bilhões de dólares. Com a inflação sem controle, aquilo que antes era natural fazer — programar e ponderar para, depois, deliberar — virou delírio. Trabalhávamos com os olhos vendados, ganhou o arrojo, a lógica foi esquecida.

Nesses primeiros meses, morando na cidade, conhecemos um casal, ela uma bonita grávida, ele um psiquiatra dando seus primeiros passos, mas prometendo. Seu olhar de peixe morto revirava os olhos de suas indefesas pacientes. Infalível.

Na boate, ele, respeitosamente, pediu para dançar com minha mulher. *Of course*. Lá foram eles, uma, duas, três, várias músicas, eu com sua senhora na mesa e aquela barrigona de oito meses a incomodar-me. Não vi alternativa, chamei-a, que coisa desengonçada é bailar a três. Só mesmo naquele samba-canção de Dick Farney isso é possível, "fomos dois, somos três..."

Duas décadas se passaram e nós a encontramos, bonita como sempre, a bronzear-se no litoral nordestino. Estavam desquitados havia tempo, ela, agora, dona de restaurante, ele, com consultório na capital. E um detalhe ainda os unia, ela, agora, uma resolvida descasada, ele, no sexto casamento. Havia abusado da regra três, onde menos vale mais.

O detalhe eram as camas.

Nessa conversa mole de beira-mar, depois de algumas caipirinhas, ela me confidenciou um aspecto interessante de seu relacionamento pós-conjugal com seu ex. A cada novo enlace, ele remetia a cama de casal que sobrava para seu primeiro lar. Dessa superstição não conseguia livrar-se, uma força maior impedia-o de vender o móvel. Logo ele, que trabalhava com a mente. Dos outros.

A casa dela foi ficando pequena, poucos cômodos, muitas camas. Ele não teve dúvidas, alugou para ela uma casa maior. E assim foi, a cada novo casamento, nova cama, novo cômodo. Ela hoje mora numa mansão com cinco camas de casal, cada uma bem mais bonita que a outra, cada qual com uma história a contar, cada uma com seu quarto. Nas suas noites de solidão, poucas, ela se põe a conversar com as camas: entendeu que cada leito tem sua alma, seu espírito, sua psiquê. Ah, se elas falassem...

Aconselhei-a a escrever um livro, à semelhança deste: se os caminhos de uma vida têm muito a dizer, que dirão as camas? Tal obra teria como título *As Camas de Meu Ex*, e subtítulo: *Conjecturas Psicossomáticas*. Best-seller garantido.

Nessa inquieta época, mudamos, compramos casa num condomínio, seguíamos a moda. No início dos anos 80, dormíamos sob teto próprio, financiado, e cá estamos até hoje. Vinte e tantos anos. Sobre essa nova fase, nada escreverei, por ora.

Só ela vale outro livro.

NAQUELES DIAS DE INVERNO

Segunda-feira

Naquela segunda-feira de inverno, a colheita havia terminado, o café estava todo em coco e seco, as tulhas cheias. Resolveram colher tudo, juntar e beneficiar de uma só vez, sem parar.

Começaram os preparativos, como todo ano. Quando deram pela coisa e já iam soltar o trabalho, lembraram da polia-mestra trincada, quc tinham percebido no final da safra passada e, por isso, deixaram o conserto por fazer. Como a peça fica escondida lá no alto, esqueceram. Só lembraram naquela hora.

Que falta de planejar! Planejamento? Nos anos 60, ninguém sabia bem o que isso significava, tudo era feito no rumo e — pior — quase sempre dava certo. Quase.

— Não adianta chorar o leite derramado — gritou nosso administrador, um italiano velho de guerra a quem até o patrão reverenciava, num misto de respeito e admiração. — Precisamos buscar uma polia nova na fábrica, em Botucatu, ainda hoje! E olhou o rapaz de 18 anos, carta de motorista novinha em folha no bolso da camisa branca, vaidoso possuidor de um fusca amarelo, presente do pai.

Esse rapaz era eu, e como seu Luís falou, "tava falado", seu brado era uma ordem. Fui. Se tivesse sorte, daria tempo, ainda voltaria no mesmo dia. Cheguei lá ao anoitecer, a fábrica ainda estava aberta. Que bom!

Nem tanto. Não tinham a polia no estoque. Por que não telefonamos antes para encomendar? É que, naquele tempo, as coisas não eram fáceis como hoje: telefone automático, DDD, o raio-que-o-parta. Conforme o lugar a falar, era mais rápido ir. Era o caso.

Já conhecido do pessoal da fábrica, cliente antigo, prontificaram-se a fazer outra peça naquela noite, serão especial, consideração a meu avô. Assim, por volta das seis da tarde, vi-me numa cidade onde não conhecia vivalma, só e à toa, aguardando o raiar do dia, à espera do raio da peça. A primeira idéia que me ocorreu foi que iria dormir em Bauru, a noventa quilômetros dali, e daria uma volta por lá. Não deu coragem, balada, só é bom, em turma.

Comecei a perambular pela cidade, eu e o fusca amarelo a buscar uma pensão onde pudesse passar a noite. Rodei, rodei, a noite chegou, já estava fora, lá pelos caminhos da Vitoriana. Onde será isso? Não tinha idéia...

Foi quando vi um rosto na janela, uma dor nos olhos e um lamento no sorriso: a morena do batom vermelho, reluzente, borrado nos cantos da boca, acenou, suave.

— De onde vens assim cansado? A que distância pertences?

Parei. Desci. Umas palavrinhas. O suficiente.

— Sorria!

Entrei. Era um refúgio agasalhador naquele disperso e desconhecido novo mundo. O retraimento das sensações é comum nesses momentos; emoções e comportamentos ficam contidos. É assim que se age, mas não agora, havia caído lá mais por necessidade que por gosto. Agradava. Bastava-me. E conversamos muito, enquanto as estrelas lá de cima, num cortejo a descoberto, cintilavam.

— Eta céu *imundo* de estrelas...

Ficamos saciados. Foi bom. Não lhe disse que ia ficar, nem ela perguntou. Casos assim não pedem juras, nem fazem, deslizam suave. A noite passa calma.

Quando o galo me chamou, ela dormia, sossegada. Saí sem olhar para trás. Se olhasse, não iria, fuja dessas tormentas. O vento sopra para onde quer, a água só corre para o mar. Quem parte, volta, um dia voltarei para contar dos caminhos por onde andei. Partir é bom, voltar é melhor.

O fusca amarelo parou na rua da fábrica. Desci, a peça estava pronta. Obrigado, a cobrança vai depois. Tomei o rumo de casa. Não consegui. Voltei à casa do caminho, passei defronte. Um aceno. A morena na janela, o batom vermelho, reluzente, borrado nos cantos da boca.

Fui. Fui?

No caminho, desloquei o retrovisor. Vi-me. Trazia na rubra face uma lembrança, o batom.

Naquele dia, a máquina trabalhou de polia nova. Naquela noite, demorei a pegar no sono. Não entendia por quê.

Hoje, entendo.

Terça-feira

Naquela terça-feira de inverno, os dois amigos estavam voltando das aulas, sem nenhum programa à vista. Total marasmo, perspectiva zero...

Mé era colega de faculdade, carioca da gema. O pessoal chamava-o Meleca. Seu sotaque era insuportável aos paulistas, razão desse ressequido apelido. Como ele não gostava, óbvio, para ficar menos feio, seus amigos abreviaram.

Celso tinha em Mé seu fiel escudeiro, no terreno acadêmico e no social. A atrevida maneira de um completava o outro, e os dois, juntos, auxiliados pelo valente Dauphine verde, dominavam as ninfetas da Colina da Noiva.

— Vamos dar uma olhada na saída do colégio das freiras?

Foram, nada de novo, muita galinha, pouco ovo: as bonitas já tinham seus urubus a rodeá-las, e as esteticamente menos felizes, que nos perdoem, "digue nem...!", como se fala no dialeto piracicabanês.

Mé, Celso e o carro verde deram meia-volta, retornaram ao centro, um chope na *brasserie* seria o remédio para aquela chocha tarde. Contudo, como bom farejador, descendo a rua do colégio, o carioca viu parar, no hotel do mercado, um microônibus cheio de meninas, e, no visor, o letreiro *Bennett*. Logo entendeu serem moças do Rio. Não hesitou, nadavam na sua praia...

Apresentou-se — "Fredão da Miguel Lemoss" — como era conhecido, desse apelido ele gostava. Pena não haver colado por aqui, ele bem que tentou. Com incrível destreza no trato feminino — são vários anos de "orrla" —, conseguiu, em pouco tempo, separar as melhores, quesito beleza e simpatia, e convidá-las a jantar no Mirante, o melhor restaurante da cidade. Combinaram encontrar-se ali mesmo, oito e meia.

Mas, no Dauphine do Celso, só cabiam quatro pessoas. E as outras duas?

Naquela noite, ele também estava à toa, nada que fazer, havia convidado Henriquinho para um filme, *A Vida Pecadora de Christine Keeler*, sobre o Caso Profumo, escândalo que abalou a Inglaterra. Cinema cheio. Lá pelas tantas, Celso e Mé entraram, esbaforidos, a chamar os dois, que assustaram. Notícia ruim?

— Fiquem tranqüilos, é coisa boa, lá fora explicamos!

Saíram no meio do filme, na calçada esclareceram: precisavam da companhia dos dois, ou melhor, necessitavam mesmo era do DKW dele, as meninas estavam à espera, bonitas e simpáticas. Mé era bom apartador. Pelo muito "prazerr", já se derreteu, saudade da chiada pronúncia, ele que havia estudado ano passado no Rio.

Nessa noite, ele conheceu a moça que deu um nó na sua cuca, a cabeça dela andava anos-luz à frente da dele, lhaneza e singelos pensamentos sacudiram-no. Ela era protestante praticante, ele, católico de rótulo — começou aí uma conversa pouco comum entre jovens, que varou a noite. Ela argumentava, despretensiosamente, exegeses que sempre passaram batido ao largo da imaginação dele, e que agora começava a entender. Ele nunca havia conhecido pessoa que transmitisse idéias evidentes de fatos relevantes, mesclando graça e inteligência. Ela tinha mais idade, era mais vivida. Ele, só começando.

A noite foi passando leve: a música ao vivo parou, os garçons começaram a limpeza, apagaram algumas luzes. Hora de ir. Sobrou o violão fora da capa, livre, rogando por um acorde. Ela não teve dúvida, cantou "esse seu olhar, quando encontra o meu, fala de umas coisas que não posso acreditar, doce é sonhar, é pensar que você gosta de mim, como eu de você...". Deslumbramento especial, ele, um inconsciente romântico.

Restaurante fechado, foram para o parapeito do rio, a cachoeira defronte, o barulho das águas pouco deixava os dois falarem. Ficaram quietos, olhos de um nos olhos do outro.

Ele tentou tocá-la. Em vão.

— Gostei de você, não vamos destruir o que está bom...

Ela estava com a razão, clima daquele era difícil conseguir. Falou com tanta expressão que ele ficou sem reação: sinceridade ou autodefesa? Sinceridade, lógico. Ela foi adiante:

— O que é que te atrai em mim?

Ele, magnetizado, como quem pede tempo para refletir, sinalizou com a mão. O ferver das águas confundia sua cabeça. Disse:

— Doeu!

Ela nada entendeu. Seria ironia, a arma dos encurralados?

Ele continuou:

— Você cruzou minha vida sem avisar. À tarde eu era um, agora sou outro. Melhor assim? Claro! Mas fico confuso. Enxergo coisas, percebo diferenças, sinto o mundo feito uma árvore de minha folha — somos um só, ou a junção de vários. O conteúdo de tudo.

Parou, pensou, continuou.

— Fui envolvido pela sua mágica, estranha afinidade!

Ela sorriu, gostou, nada falou.

Ele pegou sua mão, segurou firme, dessa vez sentiu reciprocidade. Deu um leve beijo em seu ouvido, eles eram da mesma altura, ela suspirou... Ele sentiu firmeza. Ah!, a insensata sensatez, de novo, voltando. Aqueles longos cabelos...

— Pois não doeu! — Sua voz falou alto, acompanhada pelo motim que as águas faziam, e o vento frio da madrugada.

Os outros estavam longe, lá em cima, no estacionamento, a chamar os retardatários. Não houve outro jeito. Pena.

Foram.

No dia seguinte, ela estava com agenda cheia, participando de um evento metodista. Fora para isso que havia viajado até lá. Ele, com aulas o dia todo.

No final da tarde, procurou-a no hotel. Ela tinha ido, para onde, nem o porteiro sabia. Seguiram viagem.

Final feliz? Fatos como esse nunca ficam por aí...

Tempos depois — alguns anos — ele, em Brasília, seguia passo a passo as resoluções do Congresso, fazia *lobbie* para o setor em que trabalhava, tarefa árdua mas gratificante, gostava. Numa dessas manhãs, entrando no elevador do hotel, notou aquela mulher interessante, cabelos prateados, curtos, chamou sua atenção.

Era ela, ou melhor, podia ser ela. Olhou de canto de olho através do espelho, sim, teve certeza. Chegaram ao térreo, seguiram para o café-da-manhã, sentaram cada um numa mesa. Quando foram se servir, lá estavam frente a frente — ela, com mamão papaia, ele, com salada de frutas, ambos em dieta. Não se conteve, apresentou-se. No começo, ela não sintonizou, tantos anos; depois veio a certeza, o sorriso, o convite:

— Sente comigo!

E a conversa recomeçou, tanto tempo... Falaram de sua vida, de seu trabalho, seu destino. Como velhos amigos. Ele deixou para lá seus compromissos, ela viajaria logo mais para o Rio. Esqueceram o tempo, os garçons começaram a limpeza, a arrumar as mesas para o almoço.

Chegou o momento da despedida — formal, diga-se de passagem. Ela voltou ao quarto, fez a mala, ele foi ao Congresso continuar seu trabalho.

Foi?

Ia. Pensou bem, aquele sublime instante não poderia acabar daquela maneira, frio, vago. Ficou a esperá-la. Quando ela surgiu, vacilou ao vê-lo. Mas deu um largo sorriso. Feliz.

— Vou levá-la ao aeroporto!

— Que bom, chamemos um táxi...

— Estou com meu carro.

Seguiram. Pelo caminho, souberam um pouco mais um do outro, ambos resolvidos na vida, casados, aparentemente felizes, raro. Difícil mensurar felicidade! E recomeçaram aqueles bons e antigos fluidos, sutileza reativada, o encontro na cachoeira do Mirante voltava a embaraçá-los.

— Faz tanto tempo...

— ...E parece que foi ontem...

Passaram pelo lago, pelas embaixadas, deram volta, chegaram ao trevo do aeroporto. A atenção ao volante não o deixava ver os olhos dela, senti-los, carente que estava daquele olhar. Chegaram, estacionou e, colocando uma música no CD-player, Manzanero, em dueto com Tânia, falou:

— Preste atenção nessa letra:

Como hán pasado los años
Como hán cambiado las cosas
Y aqui estamos lado a lado
Como dos enamorados
Como la primera vez.

— Como a primeira vez!

Ela comoveu-se, ele também, seus olhos cintilaram, a música seguiu:

Como hán pasados los años
Que mundo tán diferente
Y aqui estamos frente a frente
Como dos adolescentes
Que se miran, sin hablar...

A música contava uma história; os dois, agora, nem tinham mais o que falar. Ela passou a mão no rosto dele, leve carícia, disse:

— Preciso ir.

Ele entendeu. Entraram no saguão, ela fez o *check-in*, começaram a passear pelas lojas, esperando o vôo. Ela entrou na livraria. Procurou, achou, comprou um pequeno livro, capa azul-clara, letras em negro, nuvens brancas no alto, *Farewell*, de Drummond.

Escreveu algo na primeira página. O alto-falante chamou, ela despediu, leve beijo, virou de costas, foi embora.

Ele ficou a pensar, *farewell,* adeus.

E leu a dedicatória:

"Tudo o que é bom dura o tempo necessário para ser inesquecível."

Não assinou, nem precisava.

Ele entendeu o recado, nunca mais a viu.

Melhor assim.

Quarta-feira

Naquela quarta-feira de inverno, ele havia combinado de passar o feriado de Corpus Christi na praia. Tinham conseguido uma casa emprestada com parentes da namorada de um dos amigos — tudo ajustado — e iam emendar até a tarde do domingo. Desceriam a serra na kombi do pai do Neco.

Tudo nos conformes, como diziam, até outra notícia chegar: os parentes não podiam mais ceder a casa, o motivo nem explicaram, e já era terça à tarde. Sacanagem, ficaram na mão, e passar o feriado em São Paulo, nem pensar. É melancólico.

Mudaram, então, seus expedientes. Ficaram no de sempre, ir para a casa dos pais no interior, cada qual por si. Naquela altura, os outros já tinham programa feito...

Na quarta à tarde, ele foi direto do cursinho para a rodoviária, maleta a tiracolo, alguma roupa, escova de dentes, cadernos. Chegando, nova decepção, rodoviária lotada, fila para todo lado, gente de todo tipo com uma só vontade: sair da cidade, esfriar a cuca. Não deu sorte outra vez, todos de passagem comprada, carros lotados. Ficou na mão, *easy rider*. Estranha sensação a gente tem quando as coisas furam; frustração é coisa chata, difícil de engolir.

Ocorreu-lhe uma última tentativa, o trem da noite. Caminhou até a Estação da Luz, ali perto, e, como quase ninguém viajava de trem, decadente, malcuidado e vagaroso, talvez lá conseguisse. Chegou e, de novo, aquele monte de gente! Foi ao guichê, o rapaz das vendas atendeu-o, atencioso. Mas tudo lotado. O vendedor percebeu sua cara de desânimo, mas nada podia fazer, ele não poderia "virar bilhete". Deu meia-volta, volver, já consolado. Caminhara dez passos quando ouviu o bilheteiro:

— Moço, comum não tem mais, sobrou uma cabine-leito, mas é cara!

O preço era salgado, mais do que ele dispunha, mas, como aceitavam cheque, não viu outra alternativa, era tudo ou nada. Tudo! Ou gastava suas economias, ou ficaria "mofando" o feriado na cidade. Comprou o bilhete, cabine-leito, só vendiam trecho completo, embora fosse descer um pouco além de Ribeirão Preto.

Passado o impacto da compra, feliz da vida, subiu no comboio às nove, o trem partia às dez. Logo foi apropriar-se, orgulhoso, de sua *gilda*, como chamavam a cabina, alusão a um sucesso da época, o filme de Rita Hayworth. Ele deixou a maleta em cima da cama, sacudiu o travesseiro, era como gostava, mais para grande que para pequeno. Tomou banho, escovou os dentes, "glostorou" o topete e foi até o carro-restaurante analisar o movimento. Agitação! Gente pra todo lado. Tinha acertado, sabia que a brincadeira estava cara, mas, como dizia seu avô, "mais vale um gosto, que alguns vinténs no bolso...".

Sentou, pediu ao garçom uma cervejinha e um misto quente no pão francês. E a composição começou a deslocar-se. Sentiu-se no *Orient Express*, lembrou-se de Agatha Christie. Depois da cerveja, ia dormir o sono dos justos, o crepitar dos trilhos a embalar seus sonhos. Mas, por enquanto, ia ficando por ali a apreciar gentes, analisar pessoas, gostava disso. Sentia-se quase sociólogo amador, lia Antônio Cândido.

Passou uma hora, o trem saiu da cidade, noite escura, chuva forte, os vidros embaçaram. Lá dentro, foi ficando quente, muita gente junta: lá fora, o vento frio. E aquela imensa cobra luminosa mergulhando nas trevas, cortando a serra. Lembrou quando era criança e não podia colocar o rosto para fora, as fagulhas da chaminé podiam ferir seus olhos. Agora — tempos modernos — com essas locomotivas a *diesel* foi-se o encanto das marias-fumaças.

A chuva parou de repente. Dentro, um forno, umidade, suor, os vidros suavam. Lá fora, vento frio! Ele ergueu-se de sua cadeira, resolveu fazer uma boa ação: levantar o vidro a sua frente. Refrescar o ambiente.

Foi aquela confusão, não esperava vento tão forte!

— Você desarrumou todo meu cabelo!

Ele nem havia notado. No canto, às suas costas, uma jovem senhora havia entrado e pedido um mate quente com torradas. Trinta e alguns anos, tailleur preto, cabelo castanho puxado para trás *à la* Tom Jones, fivela de tartaruga na altura da nuca, alguns fios brancos já aparecendo. Mulher que não tinge cabelo tem personalidade. Batom sem cor, olhos negros, pele canela, joelhos fortes, ela estava toda descabelada, p. da vida com o rapaz.

Como é que ele não tinha reparado nela?

Desculpou-se, fechou o vidro, seguiram viagem, cada um na sua. Os outros olharam, uns acharam graça, outros não, um deles sacudiu a cabeça. O rapaz havia faltado ao respeito? Nem tanto.

O trem seguia na escuridão do Japi, o sono chegou, longos bocejos, mas alguma coisa prendia-o à cadeira. Outra meia hora; olhou de canto de olho para ela, de viés, cuidado, além de ter desmanchado seu Tom Jones, ela podia ter o dobro da idade dele. Respeitavam-se os mais velhos. A fisionomia da jovem senhora vagueava entre a tristeza e a angústia, intolerância e insatisfação, prato cheio para freudianos. Ele imaginou ter compaixão dela, olhos perdidos, não viam destino, nem no infinito, as paralelas não se encontravam, os olhos olhavam, nada viam.

Seus olhares se cruzaram, ele, sem jeito, disfarçou. Ela não.

— Você não fez de propósito, não fique chateado.

— Eu sei — confirmou ele, já nem se lembrando mais do vento, nem do vidro. Seus pensamentos, longe, ali perto. Nela mesmo.

— Devia ter pedido licença, não estou sozinho no vagão. Você me perdoa?

— Perdôo — respondeu ela, com ironia.

Ela gostou de ser chamada de você...

O comboio diminuiu a velocidade, chegaram a Campinas, parada longa. Um apito intenso anunciou a chegada; o pessoal aproveitou a serenidade para ajeitar-se em seus lugares. Liberado o banco ao lado, ela deu uma palmada no couro do assento, uma piscada de olho só, fez assim com o dedo.

Ele foi.

Dentro do carro, observavam o intenso movimento da gare, gente indo, vindo, partindo, chegando, outros só vendo.

"O trem que chega é o mesmo trem da partida, os dois lados de uma mesma viagem, a hora do encontro é também despedida", isso está parecendo letra de música... Ao fundo, o barulho das locomotivas engatando e desengatando seus vagões, separando ou acoplando, cada qual seguindo seu rumo.

Um mendigo, um ambulante, tudo era assunto para aquele tênue início de conversa. Ele, menino, apalpando as palavras. Ela, desinibida, mulher feita.

Começaram a falar, frias palavras, meias palavras de quem não se conhece, o rapaz e a senhora. Primeira vez que enfrentava situação dessas, intrigava-o, estava gostando. Não fazia idéia do que viria.

Prosa vai, prosa vem, ela ficou sabendo que o moço era estudante pré-vestibular querendo vencer, morava na fazenda, e seu feriado na praia havia furado. Contou, também, que tinha comprado uma *gilda* para poder viajar. Quando ela falou, ficou sabendo que era viúva, o marido morrera de infarto seis meses antes, seus dois filhos tiveram que ficar com os avós. Ela ia visitá-los, era funcionária do governo. Seu pai, político influente no interior, arrumou-lhe emprego na capital. Mas ela detestava — estava infeliz, sem horizontes, enfastiada.

Ele olhou fundo em seus olhos. Olhos não mentem. Viu nela simpatia, atração, desejo. Por ele. Intuição masculina. Ela percebeu, ele se manteve inalterado, calado. A timidez dele não os deixava seguir. Empacou. Ele podia ser seu filho, pensava.

Mas que timidez era aquela da qual ele não conseguia se livrar? Olhou fixo nos olhos dela, não sabia mais o que dizer, e disse:

— Boa noite.

— Por favor, não me dê boa noite...

Seguiu um rápido silêncio. Ele sentiu firmeza, ela perdeu a timidez:

— Me leva na sua *gilda*?

Ele gelou. Engasgou. Enrubesceu. Ficou sem fôlego. Engoliu em seco. Um sonho? Não conseguiu dizer sim, nem não, balançou a cabeça.

Sim.

Ela pegou sua mão, apertou. Gelada, a dela, gelada e úmida. Levantaram de mãos unidas. Seguiram. O trem começou a lotar, entraram na cabina, encostaram a porta. Ele, com as mãos para trás, rodou o trinco.

Logo ouviram dois curtos apitos, a composição começou a rodar, seguir viagem. Ela sentou-se à cama, amaciou o travesseiro, ele de pé, encostado na porta, e, entre eles, uma imensa interrogação. Começaram, receosos, tímidos, não é fácil amar para suprir lacunas, a sensatez desaparece.

Ela se levantou, tomou a iniciativa, pressionou-o contra a porta, tudo rangendo, aquele *troc-troc* da emenda dos trilhos. Apertou-o, ele sentiu confiança, ganhou coragem, tímido afago, envolveu-a em seus braços, ardente beijo, línguas entrelaçadas como nunca dantes. E que sensação tem o tesão. Com o fôlego já pedindo pausa, os corpos colados, as mãos ocupadas, ele era senhor da situação. Sua língua começou a percorrer-lhe o corpo, pescoço e ouvidos, os olhos, a boca novamente. Desejava-a, havia decidido, ela soluçava. Batia-lhe o arrependimento? O impulso masculino falava mais alto, mas do soluço veio o choro, ele espantou, o que está havendo?

— Se você quiser, voltamos ao restaurante...

— Não, não, não quero! Vamos ficar... Eu quero!

Então, ele ficou delicado, ela estava carente, acariciava-a com suaves gestos, minuciosos, paternais, logo dele que mal ingressara na maturidade.

— Você quer me ouvir?

— Claro, fale.

Mas ela nada disse, abraçou a coxa do menino, deitaram-se, acomodaram-se na estreita cama. O ruído das rodas, o balanço do vagão, a música do carro-restaurante, ela começou a lambê-lo, primeiro a boca, aqueles grossos lábios, foi descendo, alcançou sua masculinidade, erétil, nada destoava, linda mulher, jovem corpo de homem! E começou a masturbá-lo, devagar, com jeito, depois tomou conta, e, a cada lambida, ele dava um sufocado gemido. Chegou o momento de seu sexo soluçar, orgasmo, golfadas que ele nunca tinha sentido com tanto tesão. Ela foi além, até cansar, murchar. Estava feliz, seu rosto, sua boca, seu cabelo, tudo era um emaranhado de espermas. Ele acariciou sua pele, sua vagina, sua boca, seus seios, sublime ternura, algo diferente unia os dois. Deitaram, um junto ao outro na pequena cama, o gostoso sacolejar. O sono.

O dia nascia quando ele acordou. Ela já estava de pé, puxou a cortina da janela, deixou o fraco sol do alvorecer invadir a cabina. Despiu-se toda, pôs-se a despi-lo, sem pressa. Voltou à janela, o sol nascendo no horizonte a contornar sua silhueta, ela de pé, nua, ele, magnetizado, conhecendo-a por completo. Seios pequenos, corpo moreno, bunda firme, arrebitada, cabelo solto às costas.

Ele se achegou; ao contato com seu carinho, ela relaxou, entregou-se. Estavam, outra vez, malucos de desejo, começou a penetrá-la ali mesmo, de pé, ela sentiu, queixou, gemeu. Queria mais. Caíram na cama. Foi. A dose do prazer agora era dos dois, a maravilhosa energia do rapaz, a experiência da mulher, debatendo-se num ritmo animalesco. Na cama, vale tudo! Beijos como nunca, suspiros, gritos, loucas palavras, suaves palavrões, mergulhados no mangue de muco e saliva.

Por fim, a serenidade, a paz, a felicidade do ato findo, o suave relaxamento. Dormiram. Acordaram com o trem diminuindo a marcha, sol alto, calor, nove e meia da manhã. Fim de viagem, ele havia perdido seu ponto de descida, estava cem quilômetros adiante.

— Nem sei seu nome...

— Nem eu o seu.

— Melhor assim, talvez um dia...

Desceram juntos a escada do vagão, caminharam lado a lado pela plataforma como dois desconhecidos. Lá no fundo, um senhor a esperava, deu-lhe um beijo no rosto, afagou seu cabelo, pegou sua valise, colocou-a no porta-malas. Dois meninos dentro do carro, beijos, abraços. Entraram, dobraram a esquina, sumiram.

Para sempre.

Ele foi até a rodoviária, comeu um pão de queijo, um cafezinho, esperou a jardineira das onze e enfrentou noventa quilômetros de poeira até sua casa.

Feliz.

Quinta-feira

Naquela quinta-feira de inverno, depois de tirar algumas dúvidas de matemática com o primo, primeiranista em medicina, recebi um honroso chamado: seu avô, o Professor, que já fora reitor da Universidade de São Paulo, secretário da Educação e Saúde e candidato da UDN ao governo do Estado, uma das eminências médicas do país, convidava-me a jantar. Conhecido na família como tio Tôni, irmão mais velho de meu avô, era um homem alto e elegante. Na rua, sempre de terno escuro; em casa, robe de chambre de seda. Só andava de táxi ou a pé, era um precursor de Kenneth Cooper. Já via o que de bom há nas caminhadas.

Nessa ocasião, ele beirava os 70, eu cursava o último ano do ginásio, 14 anos, e sempre o primo acudia-me, matemática era seu forte, e meu fraco. Ao final da aula, vinha o bate-papo com o tio intelectual, assim eu o considerava. O convite confirmava a tênue amizade, não sabia que ele também me considerava.

Fomos caminhando, no começo da noite, da rua Groenlândia até a Haddock Lobo. Ele me levava para conhecer uma churrascaria recém-inaugurada, a Rodeio. O vento gostoso do inverno mexia com meus longos cabelos, como ditava a moda da época. A calma do fim do dia deixava-nos à vontade para conversar. Ele nascera em Itu, a 13 de junho de 1889, e, criança, imigrara para o sertão da Alta Mogiana com seus pais. Estudara medicina no Rio de Janeiro, iniciara a vida profissional como médico no interior, enviuvou aos trinta anos, foi para a capital, ficou importante. Enfim, era um homem vivido, experiente, interessante. Eu, menino-moço, a caminhar pelas tranqüilas alamedas, desfrutava o conhecimento e a vivência daquele senhor.

Antes de chegarmos à esquina da avenida Europa, puxei assunto:

— Tio, o senhor nasceu em Itu. Como é que nossa família foi parar em Orlândia?

— Orlândia nem existia!

Assim começou a prosa. Com passos serenos, voz firme, guarda-chuva na mão, contou-me que seu pai mudara com mulher e seis filhos para o sertão. Vendeu o que tinha, herança dos pais, e foi tentar a vida no vale do Sapucaí, sessenta léguas ao Norte.

Aí me nasceu uma indagação. Nós, paulistas quatrocentões, também somos imigrantes, como o foram, na mesma época, os italianos, espanhóis, alemães, árabes, judeus, japoneses e todos que aqui chegaram. A diferença é que eles falavam outra língua, adaptação difícil, e tiveram que enfrentar e vencer os dissabores do oceano. Nós, não, arreamos nossos animais e seguimos. Também imigramos, ou melhor, emigramos. O que dá no mesmo.

Tio Tôni mordeu o lábio inferior, velho tique, e não fiquei sabendo se aceitou ou não essa minha tese. Passando pelo posto Texaco, da esquina da rua Peru, seguiu:

— A Itu de minha meninice não tinha dez mil habitantes, era uma cidade de ruas estreitas e calçadas largas, e suas casas, quase todas térreas, davam diretamente na rua, juntas umas às outras, formando um grupo fechado até o final do quarteirão. A ausência completa de jardins e poucas praças, sem árvores, é hoje um fato inadmissível. Mas para quem fazia de sua vida uma luta permanente nos campos e nas florestas, plantando, garimpando, pescando ou caçando a semana toda, explica-se. Hoje, buscamos no campo o refúgio de fim de semana. Outrora, acontecia o inverso, ganhava-se o pão lá fora e descansava-se na cidade.

À minha demonstração de interesse, ele continuou. Já estávamos agora em frente à igreja.

— Itu não era só esse cenário frio e cartesiano. Havia os imponentes casarões dos senhores de engenho, e o açúcar — mais uma vez o açúcar — fazia a riqueza das cidades. Esses sobrados, mal delineados funcionalmente, cheios de cubículos e alcovas, repetiam-se com pouca variação arquitetônica, algum luxo, mas pouco conforto. Aliás, comodidade é coisa dos norte-americanos, nem os europeus sabiam o que era isso! Os casarões pertenciam aos ricos ou aos titulares.

— Titulares? O que é isso? — perguntei, fazendo analogia ao futebol. "Onde ficariam os reservas?", pensei.

— Titulares eram aqueles que possuíam títulos.

— E nós, descendemos de algum titular?

Paramos no sinal da avenida Brasil, vermelho, amarelo, verde, já estava escuro. Atravessamos, seguimos pela rua Colômbia, e o tio respondeu:

— Diretamente, não. Havia um, sim, mas morreu sem deixar descendentes. Chamava-se Bento Dias de Almeida Prado, barão de Itaim, e habitava uma das mais tradicionais mansões de Itu, que hoje não há mais, na rua do Carmo. Foi um homem prestativo, rico, e não houve obra de caridade ou iniciativa de progresso com a qual ele não cooperasse. Nhô Bento, como o chamavam os mais chegados, era um homem de pele clara, magro, alto, nariz fino e proeminente, parecido com seu avô. O barão de Itaim foi o único titular de nossa família. Os demais, agricultores apegados às lavouras e arredios à política, ficaram longe dessas honrarias da cidade.

Havia, lembrei, aquela história de que as mesas dos ituanos continham gavetas para, na emergência de chegada de visitas, rapidamente fechá-las com o prato da refeição, furtando-se, assim, à obrigatoriedade do convite. Sentindo-se mais à vontade com o velho tio, arrisquei perguntar-lhe sobre isso, ao que ele me respondeu, enfático:

— Totalmente sem nexo sua observação, cruelmente falsa. Itu dos tempos que propalaram tais bagatelas era uma terra rica e farta!

Concluí, ao ouvi-lo, que tinha perdido nobre oportunidade de ficar calado. Ele, no entanto, veio, em seguida, com esta:

— Quando as senhoras ordenavam a seus crioulinhos a irem apanhar jabuticabas, exigia-se deles que assobiassem o tempo todo, para evitar que provassem algumas. Essa é verdade! — E deu sonora gargalhada.

Estava quebrado o gelo.

Passamos em frente à entrada antiga do Clube Atlético Paulistano, de solene lembrança, tempos de mágico futebol:

Filó, Mário, Friedenreich, Araken e Netinho. Friedenreich marcou mais de mil gols!

— Parece que, igual a ele, só esse menino que apareceu agora, o Pelé.

Viramos a rua Estados Unidos, na Panificadora Colúmbia, chegamos à esquina da Haddock Lobo, subimos. Nossa conversa florescia. Falamos de futebol, nossa seleção havia chegado à Suécia, ia disputar mais uma Copa do Mundo. Deixamos por ora de falar em Itu. Afinal, o chefe da delegação e o técnico da seleção eram paulistas. Dessa vez, vai, temos certeza. Mas voltemos ao assunto:

— Como era a Alta Mogiana quando o senhor foi para lá?

Dava-lhe o tema que queria: tio Tôni era profundo conhecedor da nova colonização. Foi explicando e chegamos ao Rodeio, com seus garçons de bombacha.

— Batatais era cabeça de comarca de uma vasta região pouco habitada, com insipiente agricultura e pecuária rudimentar. A Estrada de Ferro Mogiana já era uma realidade nessa última década do século XIX. Seus trilhos chegavam às barrancas do Rio Grande, passando por Batatais e Franca, até Uberaba. Mas o lado mais fértil da região, de maior interesse econômico, como ficaria provado mais tarde, havia sido deixado de lado. Só depois de construído o ramal, partindo de Ribeirão Preto em direção a velhos arraiais estagnados, como Carmo da Franca (hoje Ituverava) e Santa Rita do Paraíso (atual Igarapava), começou-se a vislumbrar o potencial daqueles sertões.

— Dentro dessa área — continuou o tio — ficava o local onde, partindo de Itu e tendo ali adquirido uma propriedade agrícola, meu pai se radicou em 1892, e onde, por mais de trinta anos, minha mãe e ele criaram os filhos e dedicaram-se à lavoura cafeeira.

Pensei: na mesma época e para os mesmos lugares aonde foram os imigrantes. Meus olhos, bem abertos, brilhavam. Estava conhecendo minhas raízes, o começo de tudo, entendendo os porquês, a semente a frutificar. Seremos, um dia, um só. Ou a junção de vários, uma grande família.

— Boa noite, professor.

— Mesa para dois, por favor.

O *maître* levou-nos àquela lá do fundo, dando para o envidraçado da rua, donde, além da conversa, poderíamos ver o pessoal que passava pela calçada. Os carros que desciam a alameda, a banca de jornal na esquina. Gostei do lugar. Se a conversa ficar chata, posso desviá-la, falar do tempo e do trânsito lá de fora... Mas ocorreu o contrário, tinha um interlocutor como nunca. Precisava aproveitá-lo.

Sentamos. *Couvert* e *menu*.

Hoje, a Rodeio é uma churrascaria badalada, cheia de gente famosa. Naquele tempo, não me lembro de ser tudo isso. Pedimos os pratos, escolhemos a bebida, vinho tinto francês, naturalmente; o tio era homem de fino trato. A palavra "picanha" ainda não existia; trata-se, creio, de um neologismo argentino. Pedíamos a carne pelo seu nome mais simples. Bom do mesmo jeito.

Vendo meus olhos abertos, tio Tôni continuou:

— Entre nossa fazenda e Batatais, fazíamos nossas compras num vilarejo, ou num comércio, como também se dizia. Espírito Santo de Batatais, a Nuporanga de hoje, que foi, por mais de dez anos, nossa capital. Tudo vinha de lá: pão, carne, correspondência, médico, remédio, padre. Banco não havia, os negociantes assumiam o papel, faziam saques contra as casas comissárias de Santos, para onde era vendida nossa riqueza: o café.

O garçom trouxe o *chateau*, o tio experimentou, aprovou, mandou servir-me. Senti-me importante.

— Nuporanga era um paraíso, clima bom, bem localizada, situada em um campo arenoso formado de capim barba-de-bode, intercalados, aqui e ali, pelas cabeceiras dos ribeirões com vegetação mais forte, espigão divisor das bacias dos rios Sapucaí e Pardo. Toda sua gente viera do sul de Minas, aliás, quase toda. Também havia alguns ilhéus portugueses, da Madeira e dos Açores. Isso na cidade, porque, no município, predominava a família Junqueira, também vinda das Gerais, grandes proprietários e, por lá, há mais de um século.

— E onde entramos nós?

— Espere, chego lá.

O vinho era bom, disse ao garçom. O tio era pessoa conhecida, havia sido político importante. Volta e meia entrava cliente e, da escada, cumprimentava-o com atencioso balançar de cabeça. Depois de uma dessas reverências, ele seguiu:

— De gente de maior significação social, creio que foi meu pai o primeiro *invasor* daqueles sertões, como também foi o primeiro a assentar máquina de beneficiar café e a iniciar o despacho da produção para o porto de Santos. No meio de tantos mineiros, éramos conhecidos por paulistas, em plena província de São Paulo. Dos seis filhos de meus pais, três homens e três mulheres, cinco casaram-se com Junqueira, inclusive eu, unindo, desse modo, duas famílias numa só.

E seguiu:

— Nuporanga orgulhava-se de ter como habitante um antigo oficial da marinha, o intendente Luiz de Melo Marques, desses Marques de Batatais, inventor do primeiro submarino brasileiro, cujas duas experiências realizadas no aquário da Escola Naval do Rio, em setembro de 1905 e na presença do presidente da República, foram coroadas de êxito, disseram. Nomeada uma comissão, já naquele tempo a melhor maneira de enterrar uma idéia, o assunto morreu.

— Quer dizer que Nuporanga era importante?

— É — respondeu-me, timidamente. — O que pouca gente sabe é que Nuporanga foi fundada por uma mulher e, por absurdo que possa parecer naquele sertão bruto, uma italiana, dona Giulia Falconieri. Ela fez a doação de trinta alqueires de terra para o patrimônio e fundação do primitivo arraial, onde ergueram a capela do Divino Espírito Santo. A "corrutela" prosperou, só esvaziou quando surgiu Sales Oliveira.

Notei certa nostalgia no rosto do tio. Ele ficara contrariado ao ver seu comércio dar volta a ré. Coisas da vida.

— Mas Sales?

— Quando os trilhos da Mogiana chegaram a Sales, em 1899, o progresso abriu-se a uma vasta região. O nome dado à estação, em homenagem ao engenheiro presidente da companhia, falecido no início do ano, não encontrou acolhida entre seus habitantes. Eles preferiam Santa Rita, que não emplacou, prevaleceu a denominação oficial.

Nem a salada de alface, tomate, palmito e agrião conseguiu desviar minha atenção. Estava entendendo o porquê de as três povoações estarem tão próximas umas das outras. Sales Oliveira, crescendo rapidamente, sustentada por uma população heterogênea, típica das cidades em formação, com aquela efervescência passageira das gentes que vêm de fora. Alguns para efetivamente enraizar-se, outros para se aproveitar enquanto durava a febre construtiva. Sempre é assim. Até de Nuporanga vieram alguns dos pioneiros salenses.

— E Sales se desenvolveu muito — continuou o tio. — Ficou fim-de-linha durante três anos, enquanto, no prolongamento do ramal, não ficavam prontas as estações de Coronel Orlando e Jussara. Quando queríamos viajar de trem a São Paulo, era de Sales que partíamos. Tomava-se o trem às quatro da madrugada e chegava-se à capital às seis da tarde, 16 horas de viagem. A noite em que senti mais frio em toda minha vida foi em Sales, esperando o trem. Teria sido, creio, a noite de são João do ano de 1900.

Terminada a salada, e já com o vinho dando seu gostoso efeito, fui me liberando, mais à vontade. Voz solta, alegre.

— O senhor sabe que nasci em Orlândia?

— Claro! Nas mãos do Clodomiro, ótimo médico.

E voltou ao assunto, empolgado que estava com meu interesse.

— A cidade em que você nasceu, eu a vi surgir! Enquanto em Sales e Nuporanga predominava a pequena propriedade, lá começavam as grandes fazendas, avançando até São José do Morro Agudo (antes, Arraial do Chapéu) e Sant'Anna dos Olhos d'Água (hoje Ipuã). Só depois nasceu Guaíra. Em 1901, surgiu a estação Coronel Orlando, que virou vila em 1909 e, num repentino, no mesmo ano, município e cabeça de comarca com o nome de Orlândia. Sua cidade nasceu feita, homogênea, retilínea no social e na engenharia, um dos primeiros planejamentos urbanos do país. Dizem até que foi o pioneiro e hoje é das mais belas e prósperas cidades do estado. A data de sua fundação, 30 de março de 1909, é um marco na história da região: encerrava-se a era sertaneja, despontavam os novos tempos.

— Sabe, tio, tenho orgulho de ser orlandino!

Tio Tôni levantou os olhos: minha exclamação pegou-o de surpresa. Não que ele reprovasse, de maneira alguma, apenas não a esperava. No fundo, percebi depois, o subconsciente do velho médico traiu-o, valeu-lhe recordar a rivalidade das vizinhas cidades. Eu, de uma, ele, de outra.

— Nasci em Itu, mas passei minha infância em São Joaquim e é de lá que trago minhas mais ternas lembranças. Cresci e casei lá.

A nostalgia tomou conta; aquilo tinha tocado sua alma. Nessa hora, o garçom chegou com o jantar: filé, batata *sauté*, arroz.

São Joaquim, adicionado do qualificativo indígena Oiçaí ("entre-rios"), depois substituído pelo "da Barra", por força de lei federal para evitar confusão com a cidade catarinense de mesmo nome, era um povoado de características próprias, crescimento rápido e tumultuado, eminentemente popular. Não havia uma só pessoa ali que não estivesse no exercício de uma ocupação. Ninguém morava ali só por morar e existia um total nivelamento. Diríamos hoje, era uma cidade com pequena disparidade na distribuição de renda.

São Joaquim da Barra tinha um povo consciente de seu estado coletivo, mesmo antes da chegada da estrada de ferro, em março de 1901. Quando a Mogiana chegou, o patrimônio já tinha capela, iniciativa de Berto Cernach, o que quer dizer que a vida arbitrária do sertão terminara, dando lugar a uma comunidade civil, cheia de problemas, é verdade, em fase de organização. O fluxo de gente de toda espécie tornou a cidade durante certo período um centro de rixas e crimes, inevitáveis nos núcleos urbanos de rápido crescimento. Com o tempo, tudo se foi ajeitando.

Em São Joaquim, havia dois hotéis, o Hotel Machado, famoso por sua bem cuidada mesa, clientela seleta e pela delirante imaginação de seu dono, que, a toda hora, na estação ou na porta do estabelecimento, centralizava as atenções com prodigiosas narrativas de fatos da vida, nem sempre muito claros. O outro hotel era especializado em receber senhoras menos sérias, o Rufino, com louras, morenas e restaurante mui fino, já dando à cidade um aspecto mundano que a distinguia das demais. Seria a Paris do sertão? Nem tanto! Tal título a Uberaba pertencia.

— Fui médico em São Joaquim. Tenho muito carinho por aquela gente, fiz nascer alguns dos joaquinenses. Fazer um parto, resolvendo casos muitas vezes inesperados, sem apelos a livros ou a formulários, constitui para os novatos verdadeiros desafios. Certa vez, atendi uma parturiente no alto da Estação de Jussara, uma portuguesa, ora pois. A mulher lamentava-se, chorava, enquanto o marido dizia: "Ó Maria, se tu escapares desta, vais ter muito o que contar... mas acho que tu não escapas!" Tive que pôr o gajo fora do quarto para continuar meu trabalho. E tudo acabou bem.

— Não sabia que o senhor era obstetra.

— Era, disseste-o bem, fiquei até famoso. Quando apresentei meu sucessor e fui para a capital, ouvi de um italiano, pequeno fazendeiro do lugar, as seguintes palavras: "O doutor que deixas em seu lugar pode até ser bom, mas parteiro como o senhor... impossível". Aquilo me acariciou a vaidade, lembrei o velho ditado: "Os elogios menos merecidos são os que mais apreciamos!" E você, está gostando do bife?

— Es-estou, obrigado. — Estava mesmo era interessado no papo. O vinho ajuda a pensar.

Veio a sobremesa, abacaxi, morangos com *chantilly* ou ambrosia?

— O senhor tem goiabada cascão com queijo de Minas?

Não tinha, falha de qualquer restaurante, até hoje! Pedimos abacaxi, os dois. E não tomamos café. Veio a conta — paga em dinheiro, assim se usava nos velhos tempos. E continuamos a conversa.

— Vida dura, a de médico do interior, atendendo clientela a cavalo, fazendo uma média de cinco léguas por dia. O automóvel apareceu depois, e minha primeira viagem foi da fazenda do meu sogro até a cidade. Mas, nesse começo, o barro ou a poeira eram invencíveis, as estradas não estavam preparadas. Mas você sabe por que o nome São Joaquim?

— Em homenagem ao seu fundador?

— Não, a razão é mais simples. Havia a povoação vizinha e mais antiga, Sant'Anna dos Olhos D'Água, hoje Ipuã, e a tradição evangélica soou mais alto, São Joaquim é marido de Sant'Anna. Ficou tudo em família. Aliás, falando em fundador, o primeiro habitante de São Joaquim da Barra foi o português Manuel Damásio Ribeiro, que lá chegou na data provada de 1896, seguindo o picadão da futura ferrovia. Logo abriu uma venda, fez fortuna. Gostou do abacaxi?

— Bem docinho.

— Vamos indo? Que horas são? Você está com sono?

Ante a essas três perguntas seguidas, respondi por partes: vamos, nove e meia e sem sono. Saímos, garoa leve, não dava para voltar a pé. Antes de pedir o táxi, fui outra vez surpreendido:

— Vamos pegar um cineminha? Sessão das dez?

E fomos, Cine Picolino, do outro lado da rua Augusta. Assistimos a *Pic-nic*, com Kim Novak e William Holden, um dos melhores filmes que vi. Lembro a música, *Moonglow*, na voz de Pat Boone. Embalou-me muitas vezes.

Na saída, outro táxi, nossa conversa continuou, agora filosofava...

— Cada dia que passa, mais me refugio no passado, fenômeno próprio da velhice. É a resposta à progressiva desadaptação que vai se processando entre o indivíduo e o meio. Um reflexo subjetivo da juventude, projetada em cima da fúria avassaladora dos anos. O que embeleza o passado é sua coincidência com os tempos áureos da mocidade. A felicidade existe, sim, nós é que não a alcançamos, ela está sempre onde a pomos. No entanto, nunca a pomos onde estamos, já dizia o poeta.

Nisso, o táxi parou em frente a minha casa, perto da casa dele. Passava da meia-noite. O tio deu-me a mão, despedindo:

— Obrigado por você ter dado atenção a este velho. O momento presente, para os jovens de agora, é a enfeitiçada miragem do amanhã. Lembre-se disso.

— Eu é que lhe agradeço.

Um aperto de mão. Entrei correndo em casa. A chuva apertou.

Tio Tôni faleceu sete anos depois. Antes, terminou sua *Crônica de outrora*, livro que muito me valeu ao relembrar esse jantar.

E outros jantares vieram.

Sexta-feira

Naquela sexta-feira de inverno, quando o Air Bus deu um rasante sobre o aeroporto de Rio Preto, fiquei no ar...

— Que barulho! O que houve?

Corri até a porta de vidro que separa o saguão da pista e escutei um funcionário dizer, frustrado:

— Sem teto não há condições de pouso. A aeronave seguiu para Cuiabá.

O fato modificava todo nosso programa: saímos de carro de Ribeirão Preto, pegaríamos o Air Bus das onze em Rio Preto, conexão em Cuiabá para Vilhena, chegaríamos à fazenda antes do pôr-do-sol. Como sempre. E aquela era uma vez especial, ia comigo a sobrinha Renata, estudante de veterinária, aproveitando as férias para conhecer Rondônia.

Saímos de casa às sete, debaixo de garoa fina, fato raro em julho. Fomos andando, ouvindo aqueles CDs que gravo, seleção das músicas que gosto. E, colocando o assunto em dia, Rê sabe quase tudo, e eu gosto de novidades. A chuva aumentou, depois diminuiu, chegou o pedágio. Ela me ensinou: "Tio, a cancela do SemParar agüenta até 80, pode ir sossegado..." Informação que não cheguei a conferir. Melhor não.

Chegamos ao aeroporto, tempo fechado, bruma e garoa, mas nem passou pela cabeça que poderia não haver teto para pouso. Logo aquele aviãozão com um monte de computadores. Feito o *check-in*, na saída do banheiro, reconheci o agrônomo que havia nos vendido, quatro anos antes, três dúzias de touros de uma raça européia, última novidade.

Ele, loquaz e agitado, foi logo perguntando da progênie de seus rebentos. Joguei-lhe um balde d'água fria, respondi que havia sido fraca, já havíamos até vendido os touros para uns gaúchos. Resignado, foi sincero:

— É, lá o negócio é Nelore mesmo! — E mudou de assunto.

O tempo foi passando... Chegou o inglês da CFM. Apresentaram-nos o pregoeiro de leilões de gado, a moça de Uberlândia com dois filhos pequenos dando seus palpites aeronáuticos, a senhora de botinhas, ajuizada leitora da revista *Contigo*, aquele citricultor meio esquisito, o pecuarista da bagagem perdida, enfim, um mundo desfilando aos nossos olhos. Uma paz só quebrada pelos inoportunos celulares, soando sempre na hora errada — *Carmen*, de Bizet — progresso que ainda não assimilei: um mal necessário, sei, assim como a colheitadeira de cana, a senadora nordestina, o cafezinho do gerente do banco, o vinho branco, quente, das noites de lançamento de livros.

A prosa ia correndo, nem tínhamos percebido que o tempo lá fora continuava fechado. Foi quando o barulho das turbinas do jato aconteceu, sem teto o avião seguiu, ficamos um a olhar o outro, desapontados. Cara de bunda. Chamados ao balcão, fomos transferidos para o vôo da tarde. Sorte que havia lugar.

— E a companhia, vai pagar o almoço? — reclamou o agrônomo.

— Não, meu senhor. Infelizmente, condições meteorológicas fogem ao nosso controle...

Fomos ao Farroupilha, a melhor churrascaria do interior, dizem os rio-pretenses, que não conhecem as de Ribeirão. Mas o pintado na brasa com batatas fritas estava ótimo. Percebi que Rê é um garfo especial e, como boa universitária, não despreza uma latinha de cerveja.

De volta ao aeroporto, outra surpresa: o vôo da tarde estava atrasado, mas o tempo a passar ia reativando as amizades, conversa divertida, conexão perdida. Fazer o quê? Tínhamos que pernoitar em Cuiabá, já não dava mais tempo. Telefonei para mudar nosso vôo de lá para o dia seguinte, sábado.

— Lamento informar-lhe, meu senhor, não operamos aos sábados e domingos e, para segunda-feira, o vôo está lotado! Só na terça.

— Rê, ou voltamos para casa, ou seguimos de ônibus de Cuiabá para frente.

— Topo, tio, há malas que vão pra Belém...

— Realmente — respondi, sem entender.

Lá pelas quatro o avião chegou. Festa — todos já amigos —, afinal estávamos de papo desde as dez da manhã. "Em quinze minutos, daremos ordem de embarque", disse, feliz, o aeroviário. Foi bem mais que isso. Problemas em um dos computadores de bordo, justificaram. A moça de Uberlândia quase deu nova cria, seus meninos estavam enchendo o saco, o citricultor dando seus pulinhos, o pregoeiro de leilões tinha que chegar a Cuiabá antes das sete. Nervoso, chamou o funcionário de incompetente ou desinformado, ele podia escolher. Creio que ficou com a segunda opção; eu ficaria.

Rê e eu não estávamos nem aí, há males que vêm para o bem. Agora entendi.

Chegou a hora. Embarcamos. O pregoeiro, mais calmo, sentou ao nosso lado na primeira fila. Afivelamos os cintos, levantei a tampa da janela, o dia havia ficado lindo, sol e frio — boa dupla —, vi meu carro no estacionamento, ficaria lá oito dias.

— Como essa moça a seu lado é a cara da Ivete Sangalo! — disse ao pregoeiro.

— Mas... é ela! — respondeu-me, sem fôlego, estonteado.

A baiana, aquele monumento, com a simpatia típica do Recôncavo, lugar onde todos são chamados de "meu rei", percebeu-nos, deu um sorriso. Foi o bastante para que nosso pouco tímido leiloeiro, rapaz de uns trinta anos, com uma reluzente aliança na mão direita, puxasse assunto. Rê e eu, mais recatados, mais ouvimos que falamos. Ivete ia fazer o show de inauguração da exposição agropecuária de Cuiabá, naquela noite, no mesmo lugar onde o rapaz ia comandar o leilão.

Prosa animada, a esguia baiana de longos e brancos pés precisando de sol, e seu empresário, um branquinho de cabelos em caracol, a comentar venturas e desventuras da vida artística. Passado o impacto, ela pediu licença, armou no colo seu *lep-top*, começou a repassar as letras e a seqüência das músicas do show da noite. Depois, óculos escuros, recostou a poltrona, cochilou até chegarmos. Quando o avião pôs as rodas no chão, ela fez o sinal-da-cruz. Nesse instante, lá na Bahia, o Senhor do Bonfim foi chamado. Senti firmeza. Descendo a escada do avião, ela nos convidou:

— Vocês vão lá esta noite?

— Claro que vamos!

O pregoeiro emendou e também fez seu convite. Leilão de gado de leite? Não entendo bulhufas de leite, sou pecuarista de corte!

— O senhor vai gostar!

Vou, sim, dei-lhe meu cartão, gostei do rapaz. Gente boa. Dez.

Estava encaixando, para Rê e eu, um divertido programa cuiabano para aquela noite. Começava a acreditar que, realmente, as malas vão para Belém.

Do aeroporto, fomos direto à rodoviária; precisávamos garantir o ônibus do dia seguinte — Cuiabá a Vilhena — oitocentos e tantos quilômetros, onze horas.

No guichê da Eucatur, longa fila. Será? E começaram outras amizades, três senhores carregando grandes tubos e maletas quadradas de alças longas, ao nosso lado. Com toda certeza, pensei rápido, são dedicados topógrafos medindo fazendas de milhares de hectares de soja, ou delineando os novos rumos do gasoduto boliviano. Sendo assim, nada mais natural que puxar assunto, falando das maravilhas da moderna trigonometria, depois do advento do GPS, aquele aparelhinho que revolucionou a topografia, a aviação e as invasões militares. Saddam que o diga, perdeu a Guerra do Golfo por causa dele.

Mas, conforme ia aprofundando as considerações, comecei a notar certo desconforto entre eles, nada estavam entendendo. Percebi. Resolvi clarear a conversa:

— Os senhores não são topógrafos?

Desenxabido, o mais esperto deles explicou:

— Somos aposentados do Ministério da Agricultura, do SIF, e vamos pescar em Cáceres...

— E esse aparato todo, o que é?

— Vara, carretilha, isca, só isso.

Rê quase morreu de rir ao ver meu rosto. Esperava tudo, menos aquilo. Falta de imaginação, ali em Cuiabá, indo para Cáceres, que mais poderia esperar? Um bando de topógrafos ou... de pescadores?

Compradas as passagens para o dia seguinte, às dez e dez, a moça do guichê preveniu: "...Esse ônibus vem de Cascavel, no Paraná, e pode atrasar, é melhor você telefonar antes de vir...". E saímos, não sem antes desejar boa pescaria aos amigos *topógrafos*.

Agora, o passo seguinte é procurar hotel. Perguntei à Rê se ela queria ficar naquele chique lá do centro, disse que não fazia questão. Saímos da rodoviária, atravessamos a rua sob garoa fina e termômetro nos quinze graus (em Cuiabá!), demos de cara com o Los Angeles, simples, limpinho. Com frio e fome, já passava das oito, entrei e perguntei:

— o senhor tem dois quartos single?

— Tenho.

É aqui mesmo. Banho rápido, chuveiro elétrico honesto, o *consièrge*, rapaz educado, indicou-nos o melhor peixe da cidade, a Popular, e chamou seu taxista oficial, seu João do Fiat. Com o frio aumentando, garoa idem, Rê emprestou-me um casaco. Moça prevenida, ela trouxera três; eu, nenhum. Quem diria, Cuiabá com clima gaúcho!

Seu João chegou uns dez minutos depois, todo encapotado e com o aquecimento do carro ligado no toco — um forno. A corrida custou onze reais, ele fez questão de dar-nos desconto, deixou por nove. Ao sairmos da Popular, depois de um rodízio de pescados, pintado ensopado e costela de pacu, lá estava o velhinho esperando-nos para irmos à exposição. De novo, outro desconto, de quatorze deixou por dez. Que coisa estranha, ou ele está queimando óleo quarenta, ou seu taxímetro está com defeito. (Deus, que maldade a minha!)

Ao entrarmos no parque, aquele mundéu de gente, ouvimos ao longe, no alto-falante, a voz do pregoeiro, leiloando as vaquinhas holandesas preto-e-brancas e gir leiteiro, de um fazendeiro de Lins. Seguindo o som, chegamos lá. Ao adentrarmos o recinto, como dizem eles, Rê e eu, tranqüilos e desprevenidos, fomos surpreendidos:

"Nesse momento, senhoras e senhores, acuso a presença entre nós do Dr. Aloísio Prado, renomado pecuarista do vale do Guaporé e adjacências, acompanhado de sua sobrinha, a médica veterinária Dra. Renata."

Naquele instante, pelo menos metade das duzentas pessoas que lá estavam voltaram seus olhares para nós. Poucos acreditaram que Rê, bonita loura de olhos verdes, era minha sobrinha. Percebia-se isso no brejeiro olhar dos colegas pecuaristas. Mundo, mundo, vasto mundo... lembrei-me de Drummond.

A *maîtresse* logo veio ao nosso encontro, mesa de pista, abanei a mão ao amigo, agradeci a acolhida, fiz uma reverência ao dono dos lotes.

— O senhor deseja tomar vinho ou uísque?

— Vinho. Tinto, naturalmente.

Depois de alguns goles, pedimos uísque, o *cabernet* era zurrapa, e o leilão, fraco, preços baixos, crise. Mas divertiu.

Comprovei que Dra. Rê entende mais que eu, seus palpites e opiniões batiam sempre com os do leiloeiro.

O frio cuiabano, quando saímos do recinto, já assinalava doze graus, e ainda tínhamos compromisso com a Ivete, promessa é promessa. Já passava da meia-noite quando a baiana entrou no gélido palco, ar livre, arena lotada, eletrizando o povão. Ritmo e beleza hipnotizaram a platéia, o frio virou calor, calor humano. E ela canta até música lenta, romântica, com especial desembaraço. Não vive só de axé e pagode. Ainda bem.

Mas que frio!

O dia amanheceu bonito, o ônibus atrasou, mas nem tanto. Partimos. Não tínhamos andado quase nada, paramos numa rodoviariazinha em Várzea Grande. Almoço, anunciou seu Zé Santana, o motorista. Comida a quilo, carne de panela, arroz, batata cozida, bóia boa; de sobremesa, um Diamante Negro, velho hábito para essas horas.

Como almoçamos rápido, fomos conversar com o motorista, educado e solícito, dentro de vistoso uniforme, vulcabrás preto, calça marrom, camisa cor-de-rosa, gravata azul. Muito chique.

Chegou um altivo rapaz, mameluco de cabelo rapado, na moda, falou ao motorista:

— Sou cabo do Exército e quero descer no Cacho!

— Sua passagem é para onde?

— Cáceres.

— O senhor não sabe que o Cacho é 58 quilômetros adiante de Cáceres?

— Sei, mas sou cabo do Exército!

— Olha, seu cabo, eu só levo o senhor até o Cacho se o fiscal autorizar.

Como ali não havia fiscal, seguiu-se um repentino bate-boca, o militar querendo ganhar no grito, e o motorista, irredutível. Quando o cabo desistiu e foi embora, seu Zé encostou sua mão direita no meu ombro e desabafou:

— Se esse cara tivesse vindo com jeito, eu poderia até quebrar seu galho, numa boa. Mas botar banca *pu'riba* de mim? Que é isso? Os milicos já voltaram pro quartel, pô...!

Sinal dos tempos. A conversa seguiu: falou-nos da estrada, do ônibus em que iríamos viajar (que não era nenhuma Brastemp), dos seus turnos de trabalho, elogiou a empresa, nunca se sabe com quem se conversa... Depois olhou bem nos meus olhos, avaliou o Armani, interrogou:

— Doutor, como é que o senhor veio cair nessa espelunca?

Admirando sua objetividade, deixei que a sobrinha explicasse as vicissitudes e eventualidades de nosso périplo, e seguimos pela BR-070, próxima parada, Cáceres. Duzentos e poucos quilômetros, viagem tranqüila. Rê cochilou. Lembrei a rica história desse pedaço do Brasil.

Passamos ao largo da serra da Criminosa, junto à velha Fazenda Jacobina, com seu engenho e sua casa assobradada. Essa fazenda foi o começo de tudo, toda essa vasta região nasceu dali. Em outros tempos, possuiu 60 mil bovinos, mais de cem escravos, outra centena de agregados, a mais rica fazenda da província. Pertencia ao tenente-coronel João Pereira Leite, dirigida com firmeza e competência pela sogra, Don'Ana Maria, uma mulher atlética no corpo e no espírito. Lá esteve, nos tempos do Primeiro Império, uma expedição financiada pelo czar da Rússia, que, percorrendo o interior do Brasil, pesquisou nossa flora e ajudou a amansar os índios guapó. Na época da Regência, entre os reinados dos dois Pedros, a Jacobina abrigou — e escondeu — o doutor Francisco Sabino da Rocha Vieira, líder da revolta baiana, movimento autonomista conhecido como Sabinada. O governo bem que sabia, mas fez vista grossa, afinal, quem ousaria desgostar o patrão? E doutor Sabino exerceu a medicina na Jacobina até sua morte, oito anos depois.

Às três da tarde, chegamos à estação rodoviária de Cáceres, feia e suja, em nada lembrando o esplendor que, um dia, teve essa importante cidade, pelo que hoje nos mostram suas imponentes moradias, venezianas em estilo mourisco, meia-água com eira e beira nos casarões do século XIX. Outrora, o mais importante porto do rio Paraguai, depois de anos de estagnação, mostra, hoje, indícios de recuperação. A pesca e o turismo são as atuais atividades.

Por dezessete anos, governou a capitania de Mato Grosso Dom Luiz de Cáceres, que chegou à Vila Bela vindo do Rio de Janeiro, a cavalo, numa viagem de sete meses. Governador operoso, construiu os fortes de Coimbra e Príncipe da Beira, fundou diversas vilas, entre elas Vila Maria do Rio Paraguai, futura Cáceres.

Depois de vinte minutos de parada, e de pagar cinqüenta centavos para fazer xixi, começamos a segunda etapa: outros duzentos e poucos quilômetros até Pontes e Lacerda.

A meu lado, chama a atenção a maneira carinhosa como uma mãe, uma maltratada loura na faixa dos quarenta, trata sua filha de doze anos. Carinhosa demais. Como sou *bon voyeur*, meus ouvidos ficaram de prontidão, na espreita de conseguir desvendar a charada: a menina vivia com o pai, creio que na Venezuela ("Meu pai ganha em dólar", disse ela no meio de uma frase), e via a mãe uma vez ao ano. A mãe, percebi, era de classe inferior, menos instruída que a filha, notei pelo jogo eletrônico de perguntas e respostas que vinham fazendo. A menina deu um baile na mãe, que aceitava numa boa. Tinha orgulho. A menina era fruto de uma aventura de juventude, assim estilo novela cubana, Gloria Magadan, lembram-se do Albertinho Limonta? Estava bonito ver aquela amizade.

Voltemos à história: Hercules Florence escreveu um livro sobre a Expedição Langsdorff, aquela do czar, destacando a qualidade do som do tambor da praça, "perfeição igualável aos melhores da Europa". Habitavam Cáceres nessa época pouco mais de meia dúzia de brancos e três centenas de mestiços. O botânico fez questão de descer o rio Paraguai até a foz do Jauru; queria conhecer a pirâmide de mármore assentada na margem direita pela Comissão de Divisas luso-hispânica. Esse marco, aí colocado quatro anos depois de assinado o Tratado de Madri, definia novos limites do território sul-americano, usando o princípio do *uti possidetis*, cada qual na posse do que habita. Os bandeirantes paulistas, os canoeiros paraenses e os seringueiros cearenses haviam ampliado notavelmente o território brasileiro. Foram eles os responsáveis pela imensidão territorial de nossa nação. Aproveitaram a chance que a história lhes concedia: depois da batalha de Alcácer Quibir, no final do século XVI, com o sumiço do rei Dom Sebastião, sem herdeiros, a Espanha dominou Portugal. Com isso, caiu o Tratado de Tordesilhas. Sem a linha demarcatória, invadimos o Oeste e duplicamos nosso território.

Esse marco de mármore tem, como curiosidade, metade lavrada em Portugal e transportada ao seu destino pelos rios amazônicos, e metade espanhola vinda através do rio da Prata e do rio Paraguai, e encaixaram-se perfeitamente. Hoje, enfeita a praça da igreja Matriz de Cáceres.

Nosso ônibus, por insistência minha e abusando da boa vontade de seu Zé, motorista, parou defronte ao marco. Sacamos uma foto.

A mudança do monumento das barrancas do Jauru para a praça da cidade deveu-se ao acordo Brasil-Bolívia, durante nossa guerra com o Paraguai. A fim de abrandar as simpatias do ditador boliviano Mariano Melgarejo pelo ditador paraguaio Solano Lopez, nosso adversário, o Brasil mandou a La Paz um embaixador, sagaz negociador. Por meio de mimos a doña Juanita, amante de dom Mariano, alguns regalos, nosso embaixador conseguiu arrefecer seu apoio ao Paraguai e, de quebra, assinar novo tratado de fronteiras.

Legitimando tal documento, dom Mariano foi convencido da necessidade de um *referendum* legislativo com a convocação de uma assembléia para ratificá-lo. Referendado o tratado, ele dissolveu a Assembléia. Quando seu chanceler, signatário do tratado, fez uma observação crítica aos novos limites, o ditador disse para ele não ligar, pois aquela era apenas uma terrinha cheia de bugres. Discordou só quando percebeu que a cidade de San Mathias ficaria no Brasil. Na prisão de San Mathias, detento por desordem, bagunça e bebedeira do então soldado Mariano, nasceu sua simpatia pelo local. Sendo assim, a retilínea linha fronteiriça precisou ser contornada e surgiu a "verruga", deixando San Mathias em território boliviano.

É um lugar interessante, uma cidade de uns dez mil habitantes, pobre, sem ruas calçadas e esgoto a céu aberto, como em todo interior da Bolívia. Fica a seis quilômetros de nossa fronteira: do lado brasileiro, um organizado destacamento do Exército, bonito, bem tratado; do lado boliviano, uma encosta de morro com uma mina d'água limpidamente cristalina, dez polegadas jorrando numa piscina natural e alguns peixes. Ao lado, um *bolicho*, com seis ou sete índios animadamente jogando truco. No chão, quarenta ou cinqüenta latas de Brahma, vazias. Um violão, várias guarânias, muita alegria. Fizeram questão de que eu cantasse junto, ataquei de *Recuerdos de Ypacaray*, desafinei, não estava preparado psicologicamente para cantar. Era sexta-feira, meio-dia, nem parecia dia preto na folhinha.

O subdesenvolvimento das colonizações ibéricas nas Américas é, também, fruto do cruzamento malsucedido dos brancos com as civilizações autóctones. Simplesmente não deu certo. Só depois veio o negro para melhorar, esse é vivo e inteligente. O outro, desinteressado e indolente.

A história é uma disputa — digo isso quando posso — uns perdem, outros ganham. A penúria latino-americana é fruto de seu fracasso, perdemos porque outros ganharam, e aqueles que ganharam, ganharam porque perdemos. Simples. Em San Mathias, na tal "verruga", velhas e pomposas edificações ao lado da miséria atual evidenciam-nos o fato. Deposto Melgarejo, o novo ditador escreveu a Pedro II, solicitando a revogação do tratado. Nosso imperador nem respondeu, fingiu-se de morto.

Saindo de Cáceres, atravessamos o imponente rio Paraguai numa ponte linda, maravilha da engenharia militar brasileira. À direita, vê-se o porto fluvial com algum movimento, novos armazéns para soja. Depois de menos de uma hora, passamos pelo Cacho, chegamos a Porto Esperidião.

Nessa fase da viagem, começaram as amizades: o professor universitário na poltrona da frente, o chucro peão na do lado, a senhora diabética atrás, necessitando chegar logo para repor insulina ao organismo (injeção na barriga!), a mãe e a filha de minha novela mexicana. E, lá na frente, o motorista só desviando dos buracos, a pista piorou de uns quilômetros para cá.

De repente, um terrível cheiro de pum invadiu o ônibus. E estava tão gostoso o ar-condicionado... Alguns outros minutos, de novo! A empada do bar da rodoviária não estava boa, ainda bem que não comi. Seu Zé, macaco velho de tantas andanças, não se fez de rogado: parou, abriu a porta:

— Ô gente, pelo amor de Deus, tem dó de nóis, por favor, abram a janela de cima para o ar poder circular!

Rê, cochilando a meu lado, nada percebeu, só fez assim com o nariz.

Em Porto Esperidião, um casal acenou ao ônibus com ar aflito. Paramos. Ele pediu pelo amor de Deus para darem uma carona até Comodoro, a mãe dela havia falecido lá. Zé Santana, homem de bom coração, concordou. Sentaram a nossa frente e seguimos, os dois até que sorridentes, ela nada parecendo ser uma recém-órfã. Verdade? Nesse caso, três palitos!

Essa região é muito rica, terra boa, pecuária forte. De um lado, lá longe, a Chapada dos Parecís, imponente. E do lado esquerdo, a serra Ricardo Franco. Foi por aqui, nas minas das vertentes do Guaporé, que primeiro se descobriu ouro em Mato Grosso. O bandeirante explorador das minas reviveu o mitológico drama de um rei grego, sucumbiu à lepra com seu saco cheio de ouro... Fugindo de igual sorte, seu fiel companheiro desceu o rio Guaporé, chegou ao Madeira, de lá ao Amazonas e a Belém do Pará. Desvendou, sem querer e por extrema necessidade, a rota amazônica para se chegar ao Mato Grosso. No trajeto, encontrou jesuítas castelhanos na margem direita do Guaporé, o que causou apreensão na terra lusitana, advindo dessa preocupação a assinatura do Tratado de Madri, dezesseis anos depois.

Também conseqüência disso, julgou-se conveniente separar aquelas longínquas plagas da jurisdição de São Paulo, nascendo a capitania de Mato Grosso. Dom Rolim, o governador, logo fundou Vila Bela da Santíssima Trindade, na margem esquerda do rio Guaporé, confirmando o direito português à região, elegendo-a capital. Administrou-a por treze anos e, ao terminar seu governo, para evitar as agruras da viagem através dos rios Paraguai, Taquari, Paraná e Tietê, preferiu retornar pela rota amazônica, rio Guaporé, Madeira e Amazonas, portanto suas malas foram para Belém, Rê tinha razão... Nas turbulências que se seguiram à abdicação de Pedro I, Vila Bela foi palco de um motim contra os remanescentes portugueses. Mataram quase todos, sobraram os escravos, razão pela qual hoje se nota predominância de negros em sua população.

Vila Bela fica a alguns quilômetros de Pontes e Lacerda, nossa próxima parada. Cidade interessante, histórica, cheia de ruínas, vale a pena ser visitada, tem a mais bonita cachoeira que conheço, a dez quilômetros da cidade, dentro da serra.

A rodoviária de Pontes é melhor; aliás, a cidade é melhor, centro pecuário importante. Eu começava a ficar com fome, seis da tarde, olhei no bar, dentro do envidraçado Jesus me chama, junto aos tradicionais ovos azulados e pastéis de Bonzo, e vi um apetitoso quibe. Quibe com Sprite é uma delícia, seguido de um indispensável bicarbonato, sal de Vichy, como diziam os antigos.

— Por favor, aquele! — indiquei o quibe ao rapaz.

— Tio, você tem coragem?

Rê falou com tanta convicção que, na hora, o quibe já não ficou tão bom... Dei uma mordida, ela arregalou os olhos, foi o bastante para eu, de canto de olho, procurar o lixo, cuspir. Que pena! Sou sugestionável, não sei se isso é bom. O que sei é que fiquei com fome. Sprite, sozinha, não enche barriga, comprei biscoito de polvilho, alimento garantido.

Com o pôr-do-sol a nossa esquerda, oeste, e minha calça cheia daquele irritante pó do polvilho, seguimos. Nessa altura, o ônibus era uma festa, as conversas cruzavam-se e começava-se a perceber que o mundo, no sertão, também é uma ervilha: há sempre alguém que conhece um parente ou amigo de alguém. Rê descobriu um rapaz na cadeira da frente que mora a uns metros da casa dela.

"Mundo, mundo, vasto mundo, se eu me chamasse Raimundo, seria uma rima, nunca uma solução..."

A noite chegou, a conversa animou, mais duas horas e paramos em Comodoro para deixar o casal do velório. Fiz outro xixi a cinqüenta centavos, vejo que é um cartel. O ônibus seguiu, entrou na reserva dos Nhambiquaras, na trilha do velho Marechal, que, percorrendo um país ainda desconhecido, criou as bases da unidade nacional, por meio do telégrafo e da convivência pacífica entre brancos e índios. Foi Cândido Rondon o primeiro "civilizado" a habitar tais paragens, onde hoje pastoreiam nossos nelores. E ganhamos nosso pão.

Entramos no estado de Rondônia uns quilômetros adiante e, às dez da noite, paramos no posto fiscal. Burocracia, carimbos nas notas, saco cheio.

Nisso, surge um anjo descendo do paraíso, Eduardo, meu filho Dudu, que sabia dessa enrolação e, como ele conhece o pessoal da Exatoria, fomos liberados rapidinho.

Rê, Du e eu entramos na L200 como quem entra no céu. A viagem terminara. Era para durar meio dia desde casa, ficou por dois!

Chegamos a Vilhena. Uma picanha fatiada, mandioca cozida e várias latinhas nos esperavam. Ansiosas.

Enfim, nossas malas chegaram a Belém...

Sábado

Naquele sábado de inverno, como era costume em quase todos, pulei da cama cedo para jogar golfe com o Chico, parceiro, agrônomo recém-formado, promessa de melhores dias para a agricultura. Chico é velho amigo, desde que nasceu, sem avisar, prematuro também, e, só por uma confusão de sua mãe, deixamos de ser seus padrinhos de batismo. Lamento. A imaginosa tradição popular diz — e disso tenho convicção — que os nascidos antes do tempo são pessoas distinguidas: não agüentando a clausura uterina, puseram-se cedo à luta, ávidos de ver o que se passava no desvairado mundo lá de fora.

Golfeamos juntos faz bom tempo. No começo, cerimonioso, chamava-me tio. Só depois de muitas tacadas — e alguns *hole-in-one* —, conseguiu suprimir o incômodo tratamento e, como bons amigos, igualamo-nos. Gostei, deu-me a sensação de rejuvenescer. Freud explica.

Chegando, encontrei-o com seu generoso sorriso. Havia chegado meia hora antes e treinado sessenta *swings*.

"Covardia, Chico!", disse, antes de cumprimentá-lo. "Desse jeito, você entra em campo, quente...!" Seu sorriso, maior, maroto, mostrou-me brejeira juventude.

Depois de irmos ao vestiário mudar o sapato, fomos apresentados aos *caddies*, os rapazes que carregam os tacos. O do Chico era um menino-moço que eu já conhecia, já experimentado no ofício. O meu era um caburé, mestiço de negro e índio, cabelo corrido e grosso, espetado, narinas largas, tronco atarracado, olhos vivos, falhando quatro dentes na frente, como numa cerca só de esticadores, faltando os mourões.

— Você é novo aqui? — perguntei.

— Sim, senhor — respondeu-me, secamente.

— Quanto tempo? — continuei.

— De *caddie* ou de *Sum Paulu*...

— Dos dois.

— De *caddie* essa é minha terceira volta, de *Sum Paulu* já tem três anos...

Eu estava de muito bom humor naquela manhã, havia acabado de perceber que tinha entrado numa fria. *Caddie*, sem traquejo, é dose. Mas vá lá, o rapaz deve estar precisando, eu não estou aqui para criar caso.

— Como é teu nome?

— Paulo, mas pode me chamar de Clone.

— Clone? Por quê?

— A turma aí me acha parecido com o Carlinhos Brown, dizem que sou clone dele...

— Mas quem é esse cara? — dei uma de desinformado, sabia quem era o baiano do Gueto, ídolo das sobrinhas de lá e íntimo do cunhado.

— O senhor *num* sabe? É o genro da Marieta e do Chico!

— Ahn...!

De posse desse resumido currículo do rapaz, fomos para o barzinho do campo aguardar a vez. Olhando o envidraçado que, nas rodoviárias, já disse que tem o nome de Jesus me chama, quibes, esfirronas e esfirrinhas, pastéis e empadas nos aguardavam. Quietos.

— Clone, quer comer qualquer coisa? — perguntei, sabendo que muitos deles vêm para o trabalho em jejum.

Era o caso.

— Qualquer coisa...?

— Qualquer coisa dessas que estão aqui na vitrine. Venha ver.

Não precisou, ele sabia o que havia lá, escolheu a esfirrona. E para beber? Clone não fez cerimônia, Gatorade sabor limão! O cafuzo tinha opinião, comeu e bebeu de fazer gosto, rapidinho. Já estavam nos chamando.

Entramos em campo. Chico errou o primeiro *drive*, ainda bem que há o *Mullighan*, a segunda oportunidade. Acertou. Minha vez, ferro seis, não sei jogar com o *driver*. Ou melhor, dou-me ao luxo de desprezá-lo, segundo meu professor, que além de ser argentino, é corinthiano. Acertei minha tacada no *fairway*, centro do campo. Pura sorte. Nem precisei da outra chance.

— Você sabe marcar, Clone?

— Sim, senhor.

— Deixe-me ver.

Marcou direitinho, bela caligrafia, chamou minha atenção. Começamos a subir rumo ao primeiro *green*, o lugar daquela grama fina com o buraco onde devemos colocar a bola. Chico, seis; eu, sete. Perdi a primeira.

— Também, você entrou quente... — justifiquei.

E lá se foram mais três buracos, uma jogada boa, aquela que nos anima a continuar, entremeada de meia dúzia de tacadas ridículas. Na virada do lago, encontrei meu amigo baiano. Ele estava jogando na nossa frente, não o via havia mais de mês.

— Você está sumido! — gritei.

— Eu tava na Bahia! — respondeu-me, acrescentando: — Você vai lá este ano?

— Não. Esse ano vou para o Maranhão visitar o Carroça.

(João Carroça é um presente que a Suécia nos deu, velho amigo com um complicado nome que, ainda bem, conseguimos nacionalizar.)

Fui chegando perto dele, a conversa seguiu, contou-me dos acarajés, da nova marina, das tardes no Yatch, das baianas, do Gueto...

— Pois o Carlinhos Brown está aqui comigo — e, olhando-o, indiquei meu *caddie*.

— Ué, não é que parece mesmo! — Madeira três, seguiu compenetrado.

Clone ficou orgulhoso, gostava da semelhança, estava ficando conhecido, e isso bajulava seu maltratado ego.

— O senhor falou que vai para o Maranhão. São Luís?

— Isso. Você conhece?

— Sou de lá.

— São José do Ribamar? — arrisquei, sabendo tratar-se de uma vila de pescadores no extremo leste da ilha, lado oposto ao porto.

— Sim, senhor, como é que sabes?

— Pelo seu jeitão! — minha convicção foi-lhe suficiente.

— Fui criado lá, mas nasci no interior, em Pinheiro.

— Terra de Sarney, nas margens do Pericumã.

Olhou-me, atento, viu que eu era entendido. Contou-me, entre uma tacada e outra, dentro daquele típico silêncio dos campos de golfe, que tinha vindo de ônibus, quatro dias de viagem, para a casa de um amigo. Juntou seus trapos, algum dinheirinho. Nem olhou para trás.

Veio.

— Chorei a viagem toda, doutor. Minha raiva era tanta que nunca mais escrevi uma carta, não telefonei, nada. Sumi no mundo, não sabem onde estou. Três anos. — E baixou a cabeça. Viu o chão.

— Ferro oito, grama alta.

Longa tacada, longa e alta. Enquanto a bola subia, e eu a via em contraste com o céu azul de inverno, perguntei-me, "o que será que houve com esse pau de arara?". A bola desceu, quicou cem jardas. Seus olhos mostravam-me uma pessoa sofrida, ciente da vida como ela é.

— Quantos anos você tem, Clone?

— Trinta!

— Poxa, não parece! — Agradei, na verdade parecia.

— O senhor acha mesmo?

— Claro — respondi, sem entusiasmo.

— Você é casado?

— Fui... Por isso vim para cá. A moça aprontou comigo, ficou esquisita de uma hora para outra. Não queria mais saber de mim. Tomou nojo, eu não podia nem relar nela. Achei que estava sendo corneado. Vim embora, nem olhei para trás. O senhor não imagina a saudade que eu estou do Maranhão. Três anos!

— Você não deixou a moça grávida?

— Por que o senhor pergunta isso?

— Palpite meu, moça esquisita pode ser gravidez... Você não tem nem um telefone para a gente colocar isso a limpo?

— Tenho, sim, senhor, sei de cor... É do bar onde ela trabalhava, eles devem dar notícia. Mas eu não vou telefonar, não!

— Tenho aqui meu celular. Quando acabar a partida, telefono. Posso?

— *Num* sei, não...

E seguimos, o sol esquentou, o Gatorade veio a calhar. Silêncio. O rapaz ficou pensativo, reticente, não sabia o que fazer.

— Quem sabe você não largou um filho por lá? Nessas alturas, o garoto já deve estar até falando... E sua mulher, pensando "aquele filho-da-puta me abandonou quando eu mais precisava dele!".

O *caddie* parou, olhou-me atordoado, nunca havia pensado nisso. E gaguejou uma frase:

— O senhor po-pode telefonar?...

— Deixa comigo! Quando terminar o jogo, veremos.

Aquele resto de partida demorou. Nossas cabeças a mil, quentes do sol e mais quentes ainda por causa desses assuntos do Maranhão, que precisavam ser esclarecidos.

Perdi a concentração. Na primeira volta, 55 pontos, bom demais para meu jogo. Na segunda, nem contei, era só bola no *bunker* e no *rough*, não adianta nem explicar o que é isso, agora só nos interessava saber como ia acabar a história.

Pois bem, finda a partida, cumprimentei o Chico, que deve ter ganhado, sempre ganha. Clone recolocou os tacos na taqueira, procuramos aquele lugar alto do campo, onde o celular pega melhor. Sua mão suava e não era de calor, eu via um ponto de interrogação no seu olhar, será que vai dar certo?

— Por favor, a Telma ainda trabalha aí?

— Não, não trabalha mais desde que deu à luz o Paulinho, há mais de dois anos.

Perguntei-lhe se sabia onde ela morava. Todos sabiam. Dona Telma havia casado, depois do batizado, com o dono do bar. E estava bem, conforme disseram.

Restou, então, a incerteza pairada no ar: Paulinho era seu ou do homem do bar? Difícil resposta. Nós aqui, eles lá. Meu *caddie* nada falou, murmurou baixinho:

— É, agora já foi, não dá mais...

— É!... — concordei.

Seus olhos brilharam, pegou a taqueira, saiu quieto, triste.

Agi certo?

Restou-me a dúvida.

Domingo

Naquele domingo de inverno, ela desceu do táxi e foi direto ao balcão da ponte aérea. Já havia comprado o bilhete, sempre fora metódica e organizada. Levava sempre pouca bagagem. Morava no Rio desde os tempos de faculdade. Havia ficado por lá; vinha a São Paulo visitar os pais nos finais de semana, quando o trabalho permitia. Ela fazia parte da equipe de um cirurgião famoso.

Encostada no balcão, não pensava em nada — em nada especial. Sua cabeça estava em paz depois de longos anos. Dois casamentos desfeitos, uma filha do primeiro, agora casada, um neto a caminho. Com cinqüenta anos, não aparentava, corpo sarado, dieta racional, alguma musculação e praia, quando sobrava tempo. Seu tipo *mignon* ajudava, o rosto moreno irradiava beleza. Agora mais ainda, que estava de bem com a vida.

Naquele domingo de inverno, ele estava havia mais tempo no aeroporto. Vinha do interior, conexão, fazia hora esperando o vôo para o Rio: engraxou os sapatos, fez a mega-sena, comprou um livro de auto-ajuda, sua nova mania, tomou um café com pão de queijo, mania antiga, vagava por Congonhas, matava o tempo. Voava muito, aquele saguão era-lhe familiar — tinha amor pelo que fazia —; era engenheiro de tráfego, assessorava prefeituras por todo o país. Com seu partido no governo, convites surgiam a toda hora, os companheiros são unidos. Era um cara competente, ia ao BNDES encaminhar projeto de uma obra viária, um marco em sua vida profissional. Cabeça em paz, casado, cheio de filhos já adultos, só a mesmice do cotidiano deixava-o melancólico. Fazer o quê? Começava a acostumar-se, trabalho é refúgio. Santo remédio.

Andando para lá e para cá, viu a baixinha no *check-in*. Fazia mais de trinta anos que não a via. Notícias, só por amigos e pelas colunas cariocas, chegou até a assinar o *JB* por causa dela, sempre na coluna da Danuza. Veja como são as coisas: um olhar e ele a reconheceu, de costas. Seu jeito displicente de encostar-se, apoiava mais um lado que o outro, enquanto prestava atenção em alguém. Inconfundível.

Sua perna bambeou, aquele frio na barriga, não pensou duas vezes: esperava aquele momento há séculos, o dia haveria de chegar. Chegou. Caminhou até ela, que, ainda de costas, recebia o cartão de embarque.

— Boa noite, doutora! A senhora vai bem?

Ela virou rápido, espantada. Reconheceu a voz, apesar do tempo? Não, não reconheceu, ficou sem graça quando viu quem era, um prazer inesperado. Ficou vermelha, a presença de espírito sempre fora seu forte. Deu aquele sorriso, abriu os braços, receptividade total. Bonito. Ficaram alguns segundos sem saber o que fazer, mas sua espontaneidade deu confiança aos dois. Primeiro um aperto de mãos, como se fazia nos velhos tempos, depois, um beijo na face, como hoje. Aliás, dois, um de cada lado.

A moça do *check-in*, blusa vermelha e gel no cabelo e que a tudo assistia, sorriu feliz:

— É bom ver cenas assim, preenchem nossas vidas!

E ali, frente a frente, olho no olho, o *flashback* foi inevitável.

Depois de uns dias de aula foi ele quem notou a presença dela, aquelas enormes classes de cursinho, noventa, cem alunos, ficava difícil reparar em todos. Quando o professor de química perguntou qual era a diferença entre um isótopo e um isótropo — silêncio — ninguém sabia. Acanhada e sem jeito, ela levantou a mão, deu as duas definições, o mestre elogiou. Palmas, ela corou de timidez. Gostou.

Nesse momento, ele percebeu que ela existia. Veio-lhe uma gostosa sensação, êxtase, soou o sino de seu coração. Existe amor à primeira vista?

Ela nem *tchum*, não notou a presença dele. Nos dias que vieram, ele ficou de tocaia, esperando o momento da avizinhação, qual um felídeo na moita. Na espreita, na vigia, ele percebeu nela a solidão típica dos primeiros dias em nova classe. Igual a ele. E isso era bom, poderia se aproximar sem problemas, sem concorrência. Era só paciência.

Não demorou muito, passou a semana. Sexta-feira era um dia confuso no cursinho, todos ávidos a tomarem seus rumos, muitos moravam no interior. Ele sim, ela não. Ele estava tão a fim dela que, naquele sábado, nem imaginou ir para casa. Ia ficar. Quem sabe? Talvez conseguisse.

No intervalo da aula, ele desceu para seu café com pão de queijo no bar da esquina. Ela estava lá, apoiada no balcão, esperando sua vez. Na hora do açúcar, ele chegou perto, uma ou duas colherinhas? Uma, ela gostava de café amargo. Ele tentou um sorriso, os músculos da face contraíram-se, tremeram, estava ridiculamente nervoso. Ela notou? Não. Estava mexendo o café, dissolvendo o açúcar. Ele fitou o chão, esmoreceu por um instante; ela deu o primeiro gole, muito quente, depois agradeceu. Ele ficou aliviado. Afinal, fora notado. Já é alguma coisa. A esperança de continuar a conversa animou-o, mas a campainha tocou, aula de biologia. Aquele sábado, já era...

A nova semana começou como toda segunda-feira: sonolência nos que retornam do interior, noite maldormida nos bancos dos ônibus, amanheciam da rodoviária direto para o cursinho. Vida dura. E, para os que ficaram, cinema, futebol. Aqueles papos de sempre.

Ela, bonita. Ele, sem saber como recomeçar.

Subindo a escada do primeiro andar, os dois se viram. Ela sorriu, sentiu a presença dele — percebeu algo no ar —, aquele vago personagem do café e do pão de queijo chamou sua atenção. Era um cara interessante.

Começou a primeira aula.

Garoava ao meio-dia, na saída. Todos se foram, menos ele, tinha que conversar com o professor, dúvidas com a geometria descritiva. Ficou lá quinze ou vinte minutos. Continuou na mesma. Boiando. Desceu a escada, voltou a pensar nela, a chuva aumentou. Virou à esquerda, entrou em seu fusca, deu a partida. Seguiu.

Na esquina, no ponto da praça, estava ela, livros e cadernos debaixo do braço, esperando o trolebus. Ele parou, baixou o vidro; ela adiantou, enfática:

— Que frio faz aqui fora!

Para o bom entendedor foi o suficiente. Era o que ele esperava. Sem falar nada, o sorriso bastou, o aceno, e os dois se entenderam. Ela entrou. As duas ou três quadras que seguiram foram de silêncio. Ela puxou assunto:

— Por que você demorou?

Ele achou bom ela ter notado, explicou, "...Foi a geometria descritiva". Ela deu um sorriso contido, daqueles de superioridade, como que dizendo disso eu entendo... Mas ficou quieta. Seguiram, comentaram o tempo, o trânsito, criticaram os professores, elogiaram o pão de queijo, aqueles papos de sempre.

— Onde você mora?

— Você, onde mora? — retrucou ela.

— Por quê?

— Não quero tirar você de seu caminho...

"Está tirando", pensou ele.

— Levo você em casa.

— De jeito nenhum.

— Eu moro perto do Mackenzie — disse ele.

— Então me deixe na esquina da Augusta.

E ela ficou lá mesmo, ainda bem que a chuva parou. Morava nos Jardins, tomaria o 54 até sua casa. Ele voltou a insistir. Em vão.

— Até amanhã.

— Até.

Assim foi até o final da semana, aulas, carona, café, pão de queijo, olhos nos olhos, já dava para perceber que ele estava na dela. Ela, uma incógnita, um teorema, com hipótese e tese. Quem sabe?

Uma vez por mês o cursinho fazia o simulado, um pseudo-vestibular, um treino, sempre aos sábados, oito da manhã. Naquela semana ia ter, e ele continuava sem entender nada de geometria descritiva. Foi mal na prova, saiu de cabeça baixa. Só a presença dela amenizou sua tensão. Estava chateado — ela logo viu —, chamou-o a dar uma volta a pé pelo parque, a Aclimação era ali ao lado.

Manhã fria, sol de inverno, dia bonito. Andando, os dois já não se sentiam estranhos, estavam à vontade. O sobe e desce das alamedas, os sinuosos caminhos, a nascente d'água, os eucaliptos e os cambucis, o sossego dentro da cidade grande.

Pararam naquela paz. Ele olhou para ela e, instintivamente, beijou-a de leve na testa.

— Eu lhe dei permissão? — perguntou ela.

— Como?

— Disse que você podia me beijar?

— Perdão. Avancei o sinal...

— Pois eu gostei!

Estavam os dois no meio do parque, a sós com os passarinhos e o barulho das águas. Fazia frio. Ele voltou a beijá-la, não foi na testa, nem de leve. Prolongou-se. Quando pararam, ela continuou a agarrar a gola de seu suéter, e, em sua face, lia-se: prazer. Largou suavemente a gola.

— Não gostei!

— Como? — ele franziu a testa.

— Não gostei de ter gostado.

Saíram caminhando, mãos dadas. Pelo costume da época, as mãos dadas significavam que estavam namorando. Dali para a frente um devia estar sempre com o outro. Havia amor e compromisso entre os dois.

Terminou agosto, veio setembro, chegou o final do ano. A cada dia que passava, cada vez mais um completava o outro, até estudavam juntos. Ele começou a entender geometria descritiva. Com ela, ficou fácil.

Veio o vestibular, seus rumos tomaram caminhos dispersos, a concorrência separou-os, cada um tentando a sorte para seu lado. Ela prestou medicina, ficou de excedente na Federal, e havia vaga só na congênere carioca. Teve que ir para lá, não queria perder o ano. Ele não entrou em nada, ficou frustrado, mudou sua vocação e, no ano seguinte, prestou engenharia e entrou numa escola do interior. Foi sua sorte. Descobriu-se um capacitado estudante e tornou-se profissional de valor.

Contudo, os caminhos da vida são como corações inquietos, uns vão, outros vêm, todos passam.

A distância, a falta de comunicação, os novos ares, os novos amigos, o afastamento consolidou-se. Não houve jeito. Uma pena. Ela sempre foi mais positiva, escreveu-lhe uma carta terminando o namoro. Ele ficou triste, acuado, nem teve coragem de responder. Tudo acabou de modo sombrio, confuso, difícil de entender. Restou algo no ar, um lamento, uma interrogação, ou seria uma exclamação? Ela não viu outra saída, foi honesta.

Estavam agora os dois naquela noite, um olhando para o outro, as marcas do tempo nas faces de cada um. "Que vontade de te abraçar, beijar, amar, quanto tempo!" Não sei qual dos dois pensou nisso. Os dois. Certeza. E falaram, falaram, parecia que tinham se visto ontem. Como nossa mente ajusta-se com incrível facilidade, os dois conversavam como se nada houvesse ocorrido.

No vôo, sentaram juntos. Com mais coragem, ele perguntou por que ela havia terminado, guardava a carta até hoje, lia, relia, e pensava "a vida é feita de caminhos...". Ela tomou outro, desviou do seu. Estaria certa? Não saberia responder, ninguém saberia. Um amor tão transparente não termina com uma carta. Como um negócio desfeito. Simples destrato.

Ela desconversou. Não havia desculpa. Pediu um uísque à aeromoça. Sentia-se arrependida? Adiantava lamentar? Trinta anos se foram. Dois casamentos desfeitos. Começou a interrogar-se: Será que eu sou mesmo essa felicidade que estampo?". Não saberia responder, ninguém saberia.

Lembraram a noite em que, saindo do cinema, ela puxou-o para o canto.

— Escute, cara, já lhe disse que te amo?

— Não — respondeu ele, intrigado.

— Por que você nunca me perguntou?

— Sempre tive receio.

— Pergunte-me, então, agora.

— Você me ama?

Ela olhou bem fixo em seus olhos, apertou a gola de seu suéter e respondeu:

— Demais!

E sua pequena mão, fria, inverno bravo, pegou a mão dele. Seguiram pela avenida até o estacionamento, quietos. Entraram no carro, ela o beijou com todo o amor que possuía e repetiu:

— Demais!

Pois é, agora estavam os dois, dentro daquele avião, a pousar no Santos Dumont, domingo à noite, inverno também, frio carioca. No saguão, ele não sabia o que fazer. Zonzo. Ela, como sempre, decidia:

— Quer uma carona?

— Qu-quero — gaguejou.

E a história começou a se repetir. Ele, com receio, não gostava de nada que saísse da rotina. Mas ali era diferente. A rotina era ela! Isso mesmo, dentro de sua cabeça, a rotina era ela! Afinal, ela não havia saído de sua vida.

— Qual é seu hotel?

— Sol Ipanema.

— Moro lá perto, na Lagoa.

Ao passarem por Copacabana, ele pensou, mas não falou, estava morrendo de vontade de aquele encontro continuar, continuar, nunca terminar.

Ela também. Ele tomou coragem.

— Você quer comer alguma coisa, tomar um drinque? Podemos ir a algum lugar, você deve conhecer.

Era o que ela estava querendo escutar. Com trinta anos de atraso. Já passava da meia-noite, morava só e sabia muito bem o que queria.

— Levo você para conhecer meu apartamento.

Chegaram, fizeram um *tostex*, mataram a fome. Champanhe? Na geladeira. Continuaram a conversa, solta, leve, direta. Lá pelas tantas, o desejo tomou conta, não agüentavam mais. Seria a primeira vez para os dois, não tinham mais do que falar.

— Vamos andar no calçadão, amanhã cedo? — perguntou ele, atordoado, sem pensar muito.

— E seu compromisso no BNDES?

— Não tenho horário e, se tivesse, pro inferno essa vida de compromissos!

— Podemos ir — ela respondeu, chegando-se a ele.

Sem saber como continuar, ele prosseguiu:

— A que horas você quer ir, eu telefono, acordando?

— Prefiro que você me acorde dando um beijo em minha nuca...

E ela pegou sua mão, fria de vigor, cheia de energia. Tomou seu rosto, beijou-o de leve, na testa.

E recomeçaram.

Como no parque da Aclimação.

OUTROS ESCRITOS

Uma viagem ao fim do mundo

Depois dos momentos divertidos e movimentados a bordo, deparo-me num final de semana, em casa, numa inesperada quietude. Resolvo colocar minha cabeça à prova e escrever sobre aqueles quatorze dias de sol, céu, mar, lugares bonitos e companhias agradáveis.

Nosso relato começa numa quarta-feira, no porto de Buenos Aires, às duas da tarde, quando entramos no navio. Depois dos aborrecidos trâmites de *check-in*, de ficar conhecendo José, o camareiro da cabine (não descobri sua nacionalidade), desfizemos as malas — roupas no armário — e fomos para a piscina. Muito calor.

Nosso primeiro contato foi o senhor Marcello (fez questão dos dois eles), um italiano radicado no Brasil há mais de cinqüenta anos, vivo e inteligente. Ignorante, mas bom papo. Sua conversa de como ficou rico trabalhando em nossa terra foi interessante, surrealista, como tudo o que é bem brasileiro. A simpatia pelo velho aumentou quando ele disse que era de Vêneto, lugar de gente boa. Terra de meu Amigo.

No jantar, conhecemos Jay Jay, o garçom da mesa, gazela sul-africana de esfuziante simpatia. Marcou presença pela leveza e graça. Sua ajudante, Hilda Furacão, sensual otomana de olhar penetrante e braços firmes, servia-nos a sobremesa numa real hipnose lascivo-gastronômica.

Com o navio atracado no porto, à noite fomos ao Bar Sur, em San Telmo, bairro boêmio e, segundo o taxista, barra pesada. Casa pequena, velha, autêntica. Alberto Rigo, cantor tradicional de tango, a cara do Ziraldo; doña Nora, velha senhora, cantando *con el corazón*, acompanhada de guitarra, *bandoneón* e violino. E um casal de dançarinos de tango, Bárbara e Jorge, show de leveza e sensualidade.

Apesar de recomendado, só eu gostei do Sur; as patroas acharam apenas diferente. Meu Amigo foi drástico: "Isso é programa de bêbado!", disse-me no dia seguinte, passada sua dor de cabeça. A idosa senhora interpretando com toda alma, sentimento que só boêmio enrustido consegue captar. Valeu, e, no final da noite, fui até ela, disse-lhe palavras amáveis, ofertei-lhe uma rosa branca, enfeite da mesa, agradeci os momentos felizes. Seus olhos, qual duas pedras preciosas, brilharam mais que o luar. Refletiram a emoção.

Na volta ao cais, conversando com o motorista do táxi, ficamos sabendo que existem cursos intensivos de tango. Dado meu interesse, prontificou-se a me conseguir um *más en cuenta*, já que existe muita exploração ao turista, disse-me ele em voz baixa. Como se estivesse a revelar-me um segredo de Estado, afinal, *somos hermanos de Mercosur.* Disse-me que, semana passada, uma turista mexicana fez o curso — adorou —; saiu exímia dançarina por módicos dólares. Mas essa prosa morreu antes de a corrida terminar, o assunto mudou para política.

A bordo, fomos conhecer, naquele começo de madrugada, o Cova Café, quartel-general de nossas futuras operações, dias e noites seguintes. Lugar onde o café expresso, o cigarrinho das meninas e a gentil Magnólia ocupavam o espaço. A garçonete, filipina, de feições arredondadas e andar suave, sapatos de salto baixo, olhinhos puxados atrás de uns antiquados óculos, com charme e competência, completava o ambiente.

Chegando à cabine depois do intenso dia, ainda deu tempo de notar a descarga da privada, como a dos aviões. Aperta-se o botão e tudo some, por sucção, com incrível rapidez e violência, fazendo um barulho a que, depois, me acostumei. Acompanhava o som gesticulando qual um maestro conduz sua orquestra. Sintonia. A viagem é um confinamento de engorda e, como disse Isaac Newton, tudo o que entra, sai. Aquele gesto era diversas vezes repetido no decorrer do dia ou da noite. Tais peculiaridades tornam pitorescos os fatos do cotidiano: se eles existem, que fiquem registrados.

No dia seguinte, começamos pelo café-da-manhã, responsável pelos quilos adquiridos no percurso. Um mexicano a nosso lado chamava sua mulher de *Mi Bonita,* atitude carinhosa, típica dos latinos. Identifiquei-me de imediato, ficamos amigos. Adotei, embora notasse nele certa ironia: a senhora dele não era lá essas coisas. O que vale, constato, é a beleza interior...

Com o navio no cais, fomos à cidade. No ônibus, sentou a nossa frente um casal muito chique, muito distinto, chinês ou japonês, não consigo até hoje distingui-los de imediato. Começamos a conjecturar o que fazia ele, qual sua profissão, profunda análise física, psíquica e social, feita por *experts* no assunto. Conversa vai, conversa vem, concluímos que se tratava de um médico, suas delicadas mãos, finos dedos, davam certeza de ser exímio operador, neurologista, talvez especialista em revascularização de coronárias. Com surpresa, antes de darmos o veredicto final, ele interrompeu-nos. Em bom português. Era paulista, "campineiro de Campinas", fazia pouco tempo que morava na capital, competente *head hunter*. Se vocês não sabem o que é isso é porque nunca precisaram. Sorte. *Head hunter* é um procurador de empregos para desempregados chiques. Ao pé da letra, um caçador de cabeças...

Erramos no jogo mas ganhamos o casal chinês campineiro. Ficamos amigos. Formavam belo par: esguios, elegantes, dançarinos de salsas e rumbas, tal qual um par caribenho. Descemos nas Galerias Pacífico, ensinamos a eles onde ficava a Telefônica. Precisavam falar com Nova York, estava curioso em saber o assunto, fiquei na curiosidade.

O almoço em Puerto Madero não foi dos melhores. A bóia no famoso restaurante não era lá essas coisas. O Amigo deu uma engasgada que precisou ir lá fora respirar. Ficou vermelhinho. Sobrou-nos o bonito cardápio, levamos de *recuerdo*.

Na volta ao navio, conhecemos o simpático casal enólogo. Para quem não sabe, enólogo é quem entende de vinho. De fazer, de cheirar, de falar e de beber. Estão aqui para dar um curso a quem possa interessar: ele, um técnico no assunto; ela, secretariando-o com eficiência.

Ao entardecer, levantamos âncora. Começamos a notar quão largo é o Rio de La Plata, talvez maior que o Amazonas. Sujo e pardo, cor feia, é um esgotão. Metade do Brasil despeja seus excessos nele. Tomamos banho em Ribeirão

Preto, a água desce pelo ralo e passa por aqui, em seu caminho para o mar.

À noite, Jay Jay apresenta-nos a *sommellier* do restaurante, uma branquinha antipática que não nos deu muita importância. Para nosso desapontamento. Ela percebeu, pela experiência de seus anos de praia, que nós não éramos bons clientes, não seríamos grandes consumidores, e ela não faturaria seus quinze por cento por nossa conta. Nossas meninas continuaram bebendo vinho de copo. E nós, Coca *light* com gelo e limão, servidos por um risonho jamaicano de Montego Bay.

Depois do jantar, o primeiro show da temporada: um rapaz fazendo-se de cantor de showbizz. Cantava bem. E um casal de dançarinos de tango, ótimo. Como metade dos passageiros é gringo, tudo no navio é dirigido a eles. Nós, latinos, temos outras exigências, somos menos massificados. Bom mesmo era findar a noite no Cova Café, a suave Magnólia a servir as mesas.

Ir ao cassino — nem pensar —, eu e o Amigo passávamos longe, é dinheiro jogado fora. Elas duas, sob protesto, seguiam-nos.

Amanhecemos em Montevidéu, *sightseeing* pela cidade, calma e decadente. A guia, uma jovem senhora até que bonita, já encostando nos cinqüenta, bem estilosa, não percebeu que havia quatro brasileiros naquele ônibus repleto de gringos e *cucarachas*. Assim é que ela foi dissertando a penúria uruguaia, país pequeno que mais sofreu com a crise dos dois gigantes vizinhos. Ora eram uma província argentina, ora um estado brasileiro: complexo de inferioridade. Quando ela nos percebeu, brasileiros, modificou seu discurso. Ficou desapontada. *Perdón*.

Impressiona a quantidade de bons imóveis à venda dentro daquela calma. Era sexta-feira, mas parecia domingo. A cidade é simpática, dá vontade de comprar uma daquelas casinhas, plantar gerânios no jardim, deixá-los florir e chamar a felicidade.

Voltamos para almoçar a bordo, assim não foi possível beber aquele vinho uruguaio, recomendado no Brasil pelos nossos compadres, *experts* no assunto. Outra vez, poderá ocorrer...

Logo encontramos o casal enólogo. Ele, movido de súbita felicidade, havia conhecido, por acaso, num restaurante da cidade, o maior produtor de vinhos do Uruguai, aquele mesmo da recomendação dos compadres.

Fomos com eles para a charutaria do navio acompanhar as inscrições para seu curso de vinho. Lá conhecemos outros brasileiros, o cervejeiro e sua esposa, o promotor do Jaú, figura ímpar, e dois casais mais jovens, um de Brasília, outro de São Paulo. Meu Amigo, desconfiado de novas amizades, a tudo observava, quieto, sentado no sofá de couro lá do fundo.

Zarpamos, navegando no grande rio, imenso. Um calmo lago. Enquanto a tarde caía, fiz *cooper* lá em cima e via as luzes de Montevidéu sumindo, seguidas pelo clarão de Maldonado e de Punta del Este.

De repente, entramos no Atlântico, a tranqüilidade cessou, o navio começou a pular, inquieto mar. Também fiquei. Mesmo assim, começamos a nos aprontar para a noite de gala, quando o comandante apresenta a tripulação. Depois vem a festa, *black-tie*, vestido longo, foxtrote e *cheek-to-cheek*.

Nós, latinos, de terno escuro, distintos, os gringos e os orientais de *smoking* de todas as tonalidades e suas gravatas-borboleta de paetês. E, assim fantasiados, fomos ao teatro. Lá nos esperavam o comandante e sua equipe. Foi quando o caldo entornou, jogava para lá, jogava para cá, percebi que, se ali ficasse, "iria destripar o mico". Não fosse a pronta ação de minha mulher, comprando na butique do navio a infalível pulseira anti-enjôo (US$ 14,50), não sei o que teria sido de mim. A coisa ficou brava. Junto, ela comprou umas pastilhas americanas muito melhores que Dramin, segundo a vendedora. Funcionou, embora eu não tenha conseguido jantar. Nem mesmo as palavras confortantes do cervejeiro conseguiram reanimar-me. Fui para cama sob o olhar espantado, complacente, do amigo Jay Jay.

Deitado, quando o navio jogava norte—sul, eu rolava, mas, quando jogava leste—oeste, ficava gostoso, ia até o fundo da cama e voltava. Exagero, tremenda sensação, acontecimento enriquecedor de qualquer currículo. Melhor pensar assim.

Fiquei sabendo, no dia seguinte, que meu Amigo também se recolheu, mas como é circunspecto, não fiquei sabendo em que estado. Sei que também comprou a infalível pulseira. Usou-a até ferir seus pulsos, numa notável demonstração de crença em seus poderes. Valeu.

Nossas meninas, sangue forte e decidido, a tudo assistiam com dó e resignação. Com os maridos na cama, ficaram até a madrugada na salsa, no merengue e no café expresso.

O sábado amanheceu de mar *revuelto, pero no mucho*, e assim ficou todo o dia. Nem fiz *cooper*, tamanha a ventania. O cervejeiro, que tantas recomendações fez, mostrando como se comportar em situações como essa, sumiu. Meu Amigo, agora com a pulseira, enfrentou os mares com galhardia e sem receio, deleitando-se a ouvir o senhor

Marcello relembrando seus tempos de fuzileiro naval na Itália — década de 40 — quando era tripulante de submarino nos tempos de Mussolini. Os olhos daquele velho lobo-do-mar faiscavam de emoção, e sua gentil patroa, morena de Pinda e ex-paciente de nosso governador médico, a seu lado, olhava-o de canto de olho. Desconfiada.

Chegou o domingo, entramos na península Valdés e no golfo Nuevo na mais completa quietude, ouvia-se até o suspiro das baleias orca, o grunhido das focas, a brincadeira dos golfinhos naquela calmaria. Atracamos em Puerto Madryn, no fundo da baía, cidade de 50 mil habitantes fundada por galeses no século XIX, com uma fábrica de alumínio, esteio de sua economia. A matéria-prima vem da Austrália, é aqui processada e vendida pelo mundo. Por que aqui? Como a poluição é muita, nenhum outro local do mundo quis ficar com seus efluentes, que são cancerígenos. Implantaram-na aqui, no coração da Patagônia, lugar ermo, longe de tudo.

É uma cidade simpática. Nosso guia foi um delicado argentino, preparado e eficiente. Levou-nos a conhecer uma estância produtora de lã ovina, almoço farto, lingüiça, cerveja Brahma e aula prática de como tosquear ovelhas. Subimos o morro a pé. Lá do alto tivemos noção de como é aquela imensidão chamada Patagônia, um milhão e meio de quilômetros quadrados, metade do território do país, onde habitam pouco mais de um milhão de pessoas. Na descida, por outro caminho, vimos fósseis e ossos de índios que aqui habitaram, mantidos numa caixa de vidro. Charles Darwin aqui esteve, juntando argumentos para estabelecer a teoria da evolução.

O Amigo encheu seu bolso de pedras dos mais variados tamanhos e configurações. Aí tomei conhecimento dessa sua mania — tem louco para tudo. No final da viagem, sua coleção de minerais já passava de uma arroba.

Observamos leões-marinhos que habitam a península nessa época do ano. Deitados na areia, com muita preguiça, ao mudar de posição, mugiam e peidavam. Ali conhecemos Mister Texas, idoso senhor e sua jovem companheira. Revelou-nos, em conversa particular, que ela, ao virar na cama, dormindo, mugia tal e qual. Só mugia. Sorte. Toda vez que víamos a jovem senhora, daquele dia em diante, imaginávamos a romântica cena.

Demos falta do casal cervejeiro: haviam ficado em terra e resolvido fazer essa parte da viagem de avião. Receosos das agruras oceânicas, foram reencontrar-nos no porto do fim do mundo. Não tiveram razão, o mar comportou-se bem, movido, com certeza, pela presença do espectro do almirante Tamandaré em nossa comitiva, um sisudo gringo, xerox da efígie de nossa antiga nota de um cruzeiro.

Foram belos dias de frio, curso de vinho e bate-papo, e as meninas no café expresso. Aprendi, com o Amigo, a beber Campari tônica, gelo e uma fatia de limão. Com sua cor ma-ra-vi-lho-sa, o reclame tem razão. No jantar, fizemos as pazes com a *sommellier*. Pedimos vinho. Tinto, naturalmente.

E assim passamos pelo golfo San Jorge, a baía Grande, o cabo San Vicente, o estreito de La Maire, as ilhas Nueva e Lennox, agora chilenas, e chegamos ao cabo Horn, extremo sul do mundo. Meio-dia da quinta-feira. Lá, o navio parou, muitas fotos, foi bom viver aquele momento. De um lado, o cabo, em sua encosta, barracas de campanha onde montavam guarda alguns militares chilenos. De outro, um petroleiro singrando a imensidão.

Nesses dias de navegação, enriquecemos o currículo com conversas com o professor de vinho, de bom proveito para um boca de cabra como eu, que não sei, se feliz ou infelizmente, não distingue o sofrível do bom, muito menos o bom do ótimo, falando de vinho. Veremos se, de posse dessa parca teoria de uma única aula, a prática consegue mudar.

Nesses dias de navegação, o Amigo começou a mostrar seus dotes de artista plástico, pintando, desenhando retratos e paisagens. Depois do almoço, bate-papo, jogamos conversa fora.

— Vou pintar!

— O quê?

— Você. Escolha uma posição que lhe dê conforto. E não se mexa!

— *By the way.*

Lá fui. Fiquei contente de ser seu primeiro modelo e a luz do sol da tarde, entrando de viés, sombreando meu rosto, fazia o momento ser especial. Ficou mesmo. Hoje, o retrato está na parede de minha casa. Ao vê-lo, sinto-me nele. Seus retratos tornaram-se a sensação do navio, das velhinhas viúvas americanas, garçonetes e recepcionistas, até o senhor Marcello. Mas o primeiro foi sua obra-prima. Na minha modesta opinião.

Nesses dias de navegação, conhecemos a antipática família Adams, também um casal de argentinos vizinho a nossa mesa, ela, a mulher mais feia a bordo, com seus vários beiços — alguns do lado de cima, outros do lado de baixo, uma fartura. E minha mulher elegeu o homem mais bonito do navio, um gringo que era um hambúrguer de Ernest Hemingway, Charles Bronson e Willie Nelson.

Conhecemos um casal gay em lua-de-mel, e, depois na festa de gala, soubemos ser um deles o sultão do Sião. Fortuna incalculável em plantações de arroz. Por falar em gala, a mexicana que fez o curso de tango em Buenos Aires estava lá com o marido, casal perfeito em aparência e sincronia, elegantérrimos: ela, de cílios postiços, rica maquiagem, vestido vermelho decotado, meias negras desenhadas, botinhas, lembrando ser estrela de novela. De lá.

Nesses dias de navegação, almoçávamos ao sol da fria popa, hot-dogs e batatas fritas, *caesar salads*, *cat-chup* e mostarda. Menu de gringo, que acho delicioso, *sometimes*. Antes do jantar, enquanto minha mulher dava seu derradeiro toque no traje da noite (ela e a Amiga, sempre as mais chiques, pena não haver concurso de elegância), fomos tomar o Campari tônica na Magnólia. Aquele mexicano que chamava sua mulher de *Mi Bonita* lá estava, tentando cantar alguma coisa ao microfone do conjunto musical. O senhor Marcello foi dizendo: "Ele está *borracho*, já bebeu uns dez uísques." Tentava cantar *Granada*, não saía nada, sua desafinação foi incomodando. Até que não me contive: "Devo cantar melhor que esse *cucaracha*!"

Lá fui eu.

Encurtando o causo, das muitas letras de música que sei, uma é *Granada*, e foi um sucesso. Até o comandante do navio, reticente grego de genética troiana, aplaudiu-me.

Nesses dias de navegação, fizemos *cooper* no convés, mesmo com o termômetro chegando no zero, sempre a observar os dois casais lusitanos mergulhados na *jacuzzi* quente e borbulhante da popa, o sopão, a contar anedotas de "brasilairos". Creio. Ia me esquecendo de nossas manhãs ecológicas: ficávamos horas observando os pássaros a seguir o navio, e, quando cansavam, sentavam na água do mar e tiravam um cochilo. Sábia natureza.

Poucos vão lá. Nós fomos. Foi isso que pensei no momento em que os motores do navio foram acionados e deixamos o cabo do Fim do Mundo. Debruçado na amurada do navio, murmurei: "Nunca mais vou voltar aqui! Preciso aproveitar este momento!" Tomamos sentido norte, entramos no canal de Beagle num belo final de tarde. Agora o sol havia mudado de lado: antes navegávamos norte—sul, agora nosso rumo era sul—norte, lentamente.

Chegamos a Ushuaia, o porto do fim do mundo, depois da meia-noite. Cedo acordamos e, pela janela da cabine, já deu para ver que a cidade é uma graça, pequena e cosmopolita, zona franca, encostada no morro e tendo ao fundo montanhas altas, de cumes nevados. Ao redor, florestas de *lenga,* árvore nativa que me pareceu ser da família das araucárias.

Fizemos *trecking* naquela manhã com Maria, esguia argentina, bonita mesmo dentro dos pesados trajes. Meu olhar radiológico é infalível. *Shazam!!!* Ela disse como seria nossa aventura. Falou que, para chegarmos ao final do passeio, lá no alto e perto dos cumes nevados, seriam necessárias, em fluente espanhol, *darmos tres trepadas!* O Amigo logo acenou a cabeça, concordou sem titubeios. Consegui prontamente corrigir essa sua volúpia, desfazer as diferenças idiomáticas. Ela estava nos prevenindo de que, para lá chegar, precisávamos vencer três encostas mais íngremes...

Ah!...

Junto conosco havia uma suíça, Natália, vinte anos, primogênita de uma família de doze irmãos — mãe iugoslava e pai brasileiro —, o que explica o tamanho da prole. Depois da caminhada, ela foi almoçar conosco, a esguia argentina não, tinha que amamentar a filha de colo. Pena. Ela nos indicou o restaurante Caupé, no alto da cidade, bóia boa, vinho também, servidos pela filha do dono, simpática, contrabalançando o pai, um argentino pentelho, de feição desarmônica, de mal com o mundo. Findo o almoço, ainda bem que estávamos morro abaixo, comemos bem, bebemos também, o cais chegou depressa. Bela *siesta*.

Nessa noite, conhecemos um falante carioca (pleonasmo) que conosco viajava, aposentado de nossa marinha mercante, que nos relatou curiosidades sobre um navio navegando. Perguntei-lhe o que me parecia óbvio, se os dejetos eram lançados ao oceano. Seus olhos arregalaram, notei que teve dó de minha naval ignorância: tudo é guardado, com todo carinho, e só em determinados portos do mundo é retirado para ser devidamente tratado e industrializado. Lembrei-me de meus tempos de estudante de química, da Lei de Lavoisier, "na natureza nada se cria, tudo se transforma". Ali tínhamos um exemplo. Ao embarcar, a despensa do navio está cheia de comidas e bebidas. Ao final da viagem, os passageiros estão com alguns quilos a mais, o compartimento de dejetos, repleto, e a despensa, vazia. E muita energia dissipada. O sábio francês disse que: "Em todo sistema isolado, a massa permanece constante, independente das reações químicas que nele se processem". Cultura útil, se bem colocada, é até agradável.

Nessa noite, depois de chegar a essa feliz dedução, percebi que era o momento ideal de vestir-me tal qual Louis Pasteur, Santos Dumont ou Jô Soares: usar minha gravata borboleta. Cuidadosamente, enfatiotei-me e apareci com o *blazer* de botões reluzentes e a linda borboleta. Achava que estava abafando. Minha mulher, ao ver-me naquela elegância, foi direta:

— Está ridículo, não sento com você na mesa desse jeito!

E como nem sempre opiniões de paulistas e baianos coincidem, capitulei. Depois, veio-me a enxaqueca — sintoma de contrariedade — que, bem sei, nem sempre independe da razão.

Amanhecemos em Punta Arenas, lado norte do estreito de Magalhães, ali tão largo que parece um mar. É uma cidade normal, sem atrativos, que teve importância no passado, antes de construírem a passagem entre os oceanos através do Canal do Panamá. De lá, depois de duas horas de *ferryboat,* chegamos à ilha Magdalena, reserva ecológica com milhares de fedidos pingüins, a nos olhar qual um bando de garçons à espera dos convidados, prontos para a festa começar. Lembrei-me da cerveja Antártica, foi aí que associei o nome ao logotipo.

Nesse passeio, conhecemos um casal mexicano de Coatzacoalcos, segundo ele, uma bela cidade, apesar do nome. Foi lá que Hernán Cortés aportou, queimou suas caravelas para impedir o retorno e conquistou para os espanhóis o império azteca. Também fiquei sabendo por eles que minha cantora preferida, Tania Libertad, não é mexicana, é peruana, embora viva no México. Surpreendeu-me essa constatação, qualquer dia irei ao México para vê-la.

Voltamos a Punta Arenas, para o almoço, num ótimo restaurante, no cais. Comemos um molusco típico, de bom paladar, e vinho. Na mesa ao lado, alimentava-se o marajá de Jodhpur, com seu colorido turbante e alva barba, atento ao que falava sua numerosa família, discutindo num linguajar que nada entendíamos. De lá saímos *borrachos*, mas a gostosa temperatura neutralizava os efeitos do álcool.

Levantamos ancora rumo oeste, o sol a nossa frente, e, no final da tarde, passamos três glaciares, o primeiro sem graça, o segundo, imenso, uma encosta de morro, íngreme, de um lado o glaciar (a neve eterna), e, de outro, a rocha negra, abrupta. O terceiro, um espetáculo, um glaciar enorme de nome Holanda. De dentro dele, saía um córrego de límpido, gélido e cristalino líquido, a mais pura das águas. O tom azulado que o conjunto tem, o contraste prismático com a luz do sol, enobrecia a beleza desse final de dia.

Nossas vizinhas de cabine, duas senhoras classe média paulistana, da Mooca, com aquele típico jeitão de viúvas felizes e de bem com a vida, merecem menção nestas linhas. Muito educadas, mas não sabendo nem pedir um copo d'água noutro idioma que não o nosso, assim mesmo dialogavam com todos do navio, na maior simplicidade. Depois, comentavam tudo, uma no banheiro, outra no quarto. Como *bon voyeur* que sou, aqui do meu lado, ficava a escutá-las. Será que elas não faziam o mesmo com relação a nós naquelas noites em que o chacoalhar do navio tornava nosso ambiente afrodisíaco?

A segunda festa de gala foi com o navio seguindo tranqüilo por um estreito Estreito de Magalhães, manso e calmo, a noite chegando, e a escuridão deixando para trás sua beleza, a lua crescente surgindo atrás das montanhas geladas. Lembrei-me de Fernão de Magalhães, que por aqui passou há quinhentos anos. Sua biografia, livro de Stefan Zweig, publicado em 1938, narra a maior aventura que um homem realizou, *caravelando* por aquelas plagas, em sua viagem ao redor do mundo, sem lenço e sem documento. Navegando contra o vento...

O dia seguinte foi todo dedicado aos estreitos, aos fiordes e às encostas, ora cobertas de gelo, ora de pedra nua sem vegetação. Às duas da tarde, chegamos ao ponto máximo de nossa viagem, entramos num estreito canal e, lá no fundo, estava o imponente Scua, o mais belo dos glaciares. Aquele imenso navio parou diante dele e ficou desse tamanhinho. Pediu desculpas! O bonito dia com algumas nuvens entremeando a luz do sol fazia o glaciar tomar outras tonalidades, e sua neve, ao chegar ao mar, desfazia-se em milhares de pedras de gelo, autênticos mini *icebergs* a rodear a nave. O comandante lançou uma lancha ao mar para recolher pedras desse milenar gelo. À tardinha, foi-nos servido uísque *on-the-rocks*, o mais legítimo já servido a um ser humano.

Saímos do Estreito, que tem mais de quinhentos quilômetros de extensão e que Fernão levou trinta e oito dias para vencer, depois de motins e naufrágios. Tomamos rumo norte, entremeando os fiordes. Amanhecemos em Puerto Montt, a mais próspera das cidades desse roteiro, onde o novo se mistura com o antigo, colonização alemã de meados do século XIX. É um ponto turístico importante, início de qualquer visita pelos lagos andinos e pela Patagônia chilena. No dia que lá passamos, visitamos Frutillar e Puerto Varas, no través de Bariloche, às margens de um imenso lago com vulcão ao fundo, um belo quadro. Cidades limpas e organizadas, lembram o sul da Alemanha.

O Chile é uma tripa espremida entre o Pacífico e os Andes, com mais de cinco mil quilômetros de extensão, área pouco maior que duas vezes o Estado de São Paulo, mas só se aproveita o equivalente a um Sergipe. Lá habitam quinze milhões de pessoas, na mais bem resolvida república hispano-americana, depois de árduos tempos de ditadura Pinochet, vivendo da pesca, extração do cobre, frutas e turismo, começando a produzir vinhos similares aos europeus.

Nessa altura do campeonato, já estávamos empanturrados de tanto comer, um autêntico confinamento de engorda é aquele navio. Nem deu vontade de almoçar. Ficamos por ali, bate-papo de final de tarde, um conhecido contou-nos que só conseguia dormir escutando barulho de ar condicionado, sem o qual o sono não vinha. E no inverno? E quando não havia o aparelho? Explicou-nos, então, como resolvia seu problema: comprou nas Lojas Brookstone, de Miami — aquela loja que vende todo tipo de bugigangas, até as mais excêntricas — um aparelhinho de fazer barulho, com seis secções, à escolha do freguês: barulho de ar-condicionado, de ondas quebrando na praia, de chuva, de cachoeira, de pássaros, até de ronco suave de companheiro (a) de quarto. Ele usava mais o primeiro, com adesão incondicional da esposa. Doce criatura. Contou-nos que nessa viagem trazia dois, se um quebrasse, tinha o outro...

Meu Amigo, ao escutar tal narrativa, confidenciou-me:

— Esse cara é mais louco que eu imaginava!

Entramos no Pacífico, calmo, um dia inteiro no mar, o último. Começaram as despedidas, as trocas de endereços, o arrumar das malas. Surge a dúvida, quanto dar de gorjeta e a quem. Recebemos um lembrete da direção do navio sugerindo determinadas quantias. Como o dólar para os brasileiros é mais representativo que para os gringos, achamos a sugestão muito alta. Mas ficou tudo resolvido, restou apenas certo mal-estar, pairado no ar...

Chegamos a Valparaíso no décimo quarto dia, o maior porto chileno, academia naval e muitas indústrias, com sua vizinha Viña Del Mar, balneário bonito e limpo, a vitrine do Chile.

Em Viña, fiz questão de visitar o Estádio Sausalito, palco da partida de futebol mais empolgante de minha vida. Eliminatórias da Copa de 1962, Espanha *versus* Brasil, 5 de junho. Perdíamos de 1 × 0 e, com esse resultado, estávamos fora, nem o empate nos servia. Surge então Amarildo, o Possesso, substituindo Pelé, que se machucara, e marca dois memoráveis gols, aos 27 e 44 minutos do segundo tempo, 2 × 1. O Brasil é classificado, e, depois, torna-se bicampeão mundial. Chegando ao Sausalito, pequeno e encravado no morro, gramado perfeito, pedi licença ao funcionário, um velhinho, expliquei por que tinha ido lá. Abriu-me largo sorriso, disse que trabalhava lá desde aqueles tempos, quarenta e tantos anos atrás. Lembrava-se do tal jogo, tinha tido igual sensação, só que torcia para a Espanha.

Subimos o morro rumo a Santiago, deixando o navio lá embaixo, no porto. Olhamos para trás. Adeus.

E seguimos.

O pára-choque

Muito antes da construção da nova capital, o planalto central era uma vasta melancolia e a indolência mandava na vida e nos negócios. Aquela pequena cidade — ponto esquecido no mapa —, quando não era tomada pela poeira de suas ruas descalças, era invadida pela lama de dias de chuva. E suas atividades dependiam do desejo de uns poucos, os mais ousados.

Chris era um desses, com seus trinta anos e muita opinião própria. Fazia diferença no lugarejo, era trabalhador, possuía o único caminhão da vila, pau para toda obra. E namorava Rosinha, bela moça.

Casar, até que tinha vontade, mas sempre aparecia um fato novo mais urgente, uma empreita irrecusável ou uma viagem ao sul. Assim, o enlace ia sendo adiado, aquilo deixava todos com ar interrogativo, por quê? Afinal, ele estava bem de vida, não faltava serviço a seu GMC. E ela, aquele pedaço de mulher, de enxoval pronto, vários anos de espera haviam tornado suas alfaias as mais belas, simples, mas de bom gosto, comentavam as comadres.

Com muito orgulho, Chris sabia dos dotes da noiva. Ostentava no pára-choque dianteiro do veículo, escrito em rosa-choque, letras góticas, fundo verde-garrafa, a sincera proposição: "A Rosinha é que é boa!", com chapeuzinho no boa, "pra ficar ainda mais boa!", comentavam. Todos concordavam, aprovavam, achavam graça. Era a constatação do amor mais badalado do recanto, símbolo da goiana felicidade. Tal um poema de Cora.

E nada de casamento... essa espera está monótona! Chris ia levando, fingia não perceber, "primeiro enricar, depois casar", seu lema. Ela notava, sorria amarelinho, não comentava nem sim nem não, ninguém sabia sua opinião, muito pelo contrário.

Como a corrutela ficava perto da projetada nova capital, começaram a chegar os indispensáveis indícios da modernidade, que o presidente JK fazia questão de levar. Chegou a luz elétrica direto da usina, acabaram-se aqueles horários de liga e desliga que o gerador impunha. Veio a água encanada, o asfalto, a retificação da estrada, o novo entroncamento da rodovia.

Junto com o progresso, chegou o engenheiro, um mineiro bonito e solteiro, o doutor Oliveira, chefe da empreiteira do novo trevo. Hospedou-se na pensão Aparecida e foi dar uma volta no largo.

E começou a rodear Rosinha.

No começo, ela ficava constrangida, bochechas coradas, nem conseguia elevar seus bonitos olhos, aquelas duas jabuticabas, gabava o noivo. O engenheiro começou, então, a freqüentar o *footing* de depois da missa. Todo domingo, vestia seu terno de linho cáqui, cabelo engomado. Muita manha, mineiro típico. E lá ia ele à praça ladear a bela moça.

Enquanto isso, Chris e seu GMC, enricando — frete não faltava —; a construção de Brasília ia de vento em popa. Sumia duas, três semanas. Ela lá, saudosa, triste. E só.

Assim foram, seis, sete, oito meses, todos começaram a perceber, Rosinha foi ficando mais alegre, as duas jabuticabas de novo a brilhar, o sorriso voltou. Quando ela pediu a ele um tempo para pensar, as comadres comentaram:

— Chris já era, o minerim venceu!

Era a velha senha, dar um tempo, muito comum na época, o mesmo que dar o fora no noivo.

O doutor Oliveira, agora um respeitado e reconhecido cidadão, com novas atribuições na Novacap, oficializou o namoro, pediu a mão, noivou, casou, paixão. Coisa de cinema, um festão! E foram morar com os pais dela, enquanto construíam a casa.

Chris, a princípio, ficou chateado, sentiu-se levemente corno, já estava acostumado com ela. Depois, percebeu que gostava mais do caminhão e do dinheiro. Resignou-se. Mas seguia, orgulhoso, a estampar no pára-choque de seu caminhão a intrigante inscrição, alardeando os predicados da ex-noiva. Hoje, a patroa do doutor.

O mineiro foi ficando puto: ele, um homem de bem, virando gozação na boca da criançada do grupo e dos pinguços do bar do *Úrtimo Gole*, aquele da saída da cidade. Ele, um dos homens mais respeitados da região, com a honra ferida...

— O caminhão é meu, o pára-choque é meu, escrevo nele o que quiser, ninguém tem nada a ver com isso!

Mas a pressão começou, o serviço encurtou, chegou o prejuízo, doeu o bolso do camioneiro, seu órgão mais sensível. Ninguém ousava contrariar o doutor; nessas alturas, até já lhe davam razão, e o caso foi parar nas mãos do vigário, homem ponderado. Deus pensava por ele.

Chris foi chamado à sacristia. O padre deu uma rodeada no assunto, falou da coletividade, invocou a prosperidade do lugar. O doutor era pessoa influente e arrematou:

— Para não ficar chato, você fica uns dias fora, dá uma pintadinha geral no seu caminhão, e volta sem a frase do pára-choque. A paróquia, pelo bem de todos, pode até ajudá-lo...

Ele gostou. Combinado? Jura por Deus? E Chris, que até no nome lembra Nosso Senhor, fez que sim com a cabeça, já estava até concordando.

Ficou longe uns quinze dias, voltou numa madrugada, encostou seu veículo nos fundos do quintal, pintadinho de novo, dava para ver só por trás. O povo respirou, abençoado. O doutor respirou aliviado. Final feliz.

Logo apareceu o primeiro frete para puxar areia para a construção da casa nova da família Oliveira. Chris levantou cedinho, ainda escuro, foi para a beira do Piracanjuba fazer o carregamento.

Na volta do dia, lá vem ele, rangendo as molas, a carroceria mijando água para os lados, segundona engatada, fumaça preta no escapamento, bicos da bomba injetora precisando de regulagem. As comadres saíram às janelas, ávidas de desejo a ver o pára-choque, limpo e reluzente.

Limpo? Que nada! Chris apenas trocou seus dizeres...

"Sigo com a mesma opinião!"

Foi aquele zum-zum, mal-estar. O doutor ficou desapontado, o padre sorriu por dentro, esse Chris...

E Rosinha, lá de sua janela, altiva, soberba, toda faceira, deu uma piscadinha para seu ex, e pensou cá com seus botões:

"Não é que ele tem razão?"

A pescaria

Até hoje, não entendo por que há pilotos que conseguem pousar "manteiga", de mansinho, e outros parecem estar com raiva do chão, jogam a aeronave no solo de qualquer jeito. Já me explicaram que pouso seco é mais técnico, que na América só se faz dessa maneira. Mesmo assim, sigo preferindo o mansinho. Decerto a esposa do comandante devia estar de mal com ele — cruzado as pernas na noite passada. A verdade é que nosso avião quase se desmanchou na pista. Cheio de pescadores.

Enfim, chegamos!... A noite já ia pela metade, e ainda restavam três horas de ônibus até o rio Guaporé para nossa esperada pescaria.

Amanhecia quando avistamos o rio. Sonolentos e exaustos, o efeito do uísque já havia passado e voltávamos à rude sobriedade. Do lado de cá, a cidadezinha; do lado de lá, densa floresta. Aqui, Brasil; lá, reserva biológica boliviana.

Umas poucas horas de sono e todos começávamos a missão: sete dias de pescarias — e cerveja. Muita conversa fiada. Bom.

O primeiro dia é aquele do tomar-conhecimento: parecemos bobos, pergunta-se tudo a todos, descobrem-se os macetes, procura-se saber algo mais que os outros, para ter mais prosa na cervejada da noite. É sempre assim. Nos outros dias há a identificação com as terras e com as águas, com os barcos e as gentes. Começa-se a desfrutar.

Nosso piloteiro, aquele que dirige o barco, típico filho dos quilombos de Vila Bela, preto bem preto, sabia todas as manhas daquelas paragens, as locas, os bancos de areia, as corredeiras, as viradas e as espraiadas do rio Guaporé. Quieto e compenetrado, acostumado a pajear pescadores das cidades, conversava o necessário, sempre a olhar o céu, as águas, a natureza.

Assim foram aqueles dias: sol, peixe, cerveja, conversa, um gostoso "bestar". Era o que todos queriam: esfriar a moringa, esquentada pelas agruras da civilização.

No penúltimo dia, já veteranos e com alguma opinião, levantamos cedo, sol raiando, queríamos aproveitar. O piloteiro chegou, preparou o barco, olhou para o céu, disse:

— Hoje à tarde vai chover.

Colocou o chapéu na cabeça, cuspiu na água, deu partida, descemos o rio. Fiquei a pensar: "Como é que o negão arrisca esse palpite infeliz, com esse céu limpo e o sol começando a arder nas nossas peles?". Comentamos entre nós aquele chute, mas o assunto morreu, pensávamos mais na pescaria. Nas cervejas, nem tanto; já estávamos encharcados de tanta.

Na volta do dia, sol a pino, o vento chegou. O piloteiro sinalizou que era hora de voltarmos. A subida do rio era mais vagarosa, e a chuva ia chegar antes do anoitecer. Foi aquela vaia — ninguém queria —, mas ele devia ter lá suas razões. Voltamos.

Antes de atracarmos, caiu aquele pé-d'água. Chegamos molhadinhos, o vento frio que soprava dos Andes fazia a mandíbula tiritar.

No dia seguinte, choveu o dia todo. Jogamos truco e conversa fora. Ou seja, "bestamos". Aliás, é muito bom "bestar". Faz, também, parte desses programas.

Na hora da volta, lá estava o piloteiro a nos desejar boa viagem, a receber a merecida gorjeta. Seu sorriso largo, os dentes brancos contrastavam com a bochecha retinta. Subindo os degraus do ônibus, não me contive, a curiosidade venceu. Perguntei:

— Como é que você havia previsto chuva ontem de manhã, com aquele céu e o sol nascendo no horizonte?

— Vi na Internet, ué!... — respondeu-me com naturalidade.

— Ahn!... — clamei, com cara de bunda.

Sinal dos tempos.

Decepção

No final dos anos 60, a noite de Ubatuba começava e acabava no *Dollar Furado*, uma boate sem graça, mal dotada, som fanho. Contudo, era o que havia, e até agradava, numa época em que fumar cigarros e beber *cuba libre* era o maior barato — uma dose de rum com Coca-Cola — agitava legal. Embalou minha geração. Os anos passaram, e se hoje me pedirem para localizar a tal boate, não tenho idéia, a cidade mudou. Também, pudera, lá chegávamos tarde da noite e saíamos embalados...

Naquela noite chegaram ao *Dollar*, Pelinho, Chupeta e ele — os três sem programa, saíram apenas para não sobrar em casa. Estavam em férias e, como andar à toa é melhor que ficar à toa, foram eles à caça de alguma ave desgarrada do bando, deixando de lado a apatia de uma noite de meio de semana. Era dia útil no planalto, e lá embaixo não restara nada, ou quase nada.

Foi então que viram luzes surgirem no final da rua. Eles, que já estavam indo, resolveram dar um tempo. Quem sabe? De uma Rural Willys verde e branca, um emblema na porta, desceram seis pessoas, o motorista, dois rapazes e três moças. Vinham de longe, aparentavam cansaço, fome e aparência compenetrada de serem universitários em missão. Àquela altura, a cidade dormia, o *Dollar* era o único lugar onde podiam jantar, filé acebolado com fritas e arroz. Sugestão do *chef*.

Como ele e os dois amigos eram os únicos habitantes da boate naquele momento, o entrosamento foi inconsciente, um cruzar de olhos e começaram a conversar, sem ligar para a escuridão e o horrível som, um atentado às músicas dos afinados cantores da Jovem Guarda. Os universitários cursavam geologia na USP, campus da capital, estavam no litoral completando teses de diversificação sobre arqueologia, pesquisando sítios descobertos havia alguns anos por seus professores, por ali. Tal registro provara a existência de índios tupinambás há dois mil anos, ossadas analisadas com Carbono 14 evidenciaram o fato.

Não fazia muito tempo, menos de um ano, ele havia lido *Deuses, Túmulos e Sábios*, a bíblia de quem se interessa por noções de arqueologia, livro sobre as descobertas egípcias. Ele havia ganhado o livro de um amigo do primo Botelho, este, sim, um entusiasta no assunto. Mas leu-o com certo pouco-caso, pulando páginas. Leitura maçante.

E, como o destino escreve correto por linhas tortas, não é que essa leitura deu-lhe identificação com a morena que havia sentado a seu lado? Graciosa, nariz arrebitado, cabelo curto, vaga semelhança com Jean Seberg no filme *Joana d'Arc*, óculos redondos com aros de tartaruga davam-lhe ares daquela professorinha, baliza de suas lembranças, paixão de garoto. Circunstâncias da infância norteiam o que somos, pouco elegemos quando ficamos adultos, tratam disso os psicólogos.

Ele logo viu que a morena também se entusiasmou quando viu que, dentre outros predicados, ele conseguia manter o nível do assunto — não era um leigo. Isso pesava pontos na avaliação dos colegas.

— Que música chata! — reclamou a loura.

Foi a ordem que todos esperavam para dar o fora dali, barriga cheia, pé na areia. Todos a caminhar pela orla iluminada ao longe pelos postes da avenida, e os dois, sem perceber, foram ficando para trás: repentino magnetismo, reciprocidade, tendência instintiva que acontece só de vez em quando. Isso se chama afinidade.

Ele foi dormir com essa Jean Seberg no seu pensar, gostoso sonho, imaginar Joana D'Arc escapar da labaredas e correr a seus braços num apaixonado entrelaçar.

Passaram-se dias, noites. Horas demoravam a se transpor, ele de férias, ócio completo, saco cheio de praia, sol e mar. Ela, trabalhando, onde? Ele não fazia idéia. Será que tem algum daqueles dois a fim dela? E ela, o que pensava? Nele? Dúvidas, hesitação. Não! Tinha certeza de que a morena viera para ficar.

"De repente, da calma fez-se o vento, e da vida, uma aventura errante."

Mais uma tarde se foi, escureceu, e junto à *chata* companhia dos borrachudos, ele resolveu. Foi à cidade procurar um emblema da USP na porta de uma Rural Willys. Logo achou. Devia ter ido antes, mas sua timidez era maior.

Deu uma volta ao redor, reconheceu o motorista, tranqüilo, jogando dominó no bar de esquina. Rodeou, parou, esperou a vez do parceiro, dominó exige concentração, perguntou onde estava o pessoal. O motorista, sua fisionomia lembrava *Cantinflas*, não hesitou:

— As meninas estão no hotel da rua da Conceição, sabe onde é?

Disse que sabia, embora não soubesse, não queria importunar o moço, absorvido que estava na astuta distração. Sentiu-se aliviado, pelo menos as meninas não estavam no mesmo hotel dos colegas.

Ciúme?

Lá foi ele procurar a tal Conceição. Encontrou. O hotelzinho tinha um ar razoável, não deu coragem de entrar, o coração bateu forte, as pernas esfriaram. Passou pela frente, olhou, continuou, foi até a esquina e voltou. Acendeu um Continental sem filtro, viu as estrelas correrem no meio das nuvens. Passou bom tempo.

As três saíram, caminharam sentido oposto, sorte! Ele suava frio. Esperou elas irem, mudou de rua, foi até o carro, rodou até o cais. Voltou. Viu onde elas estavam. Fez-se notar. Dentro do carro, sentia-se seguro. Abanou a mão e parou.

— Que coincidência! bradou a loura, a mais entendida nos mistérios da vida. Convidou-o a descer, vamos jantar um peixe?

Coincidência? Ele pensou: "Deve ser gozação!" Ela deu um jeito para ele ficar a seu lado, a morena ficou do outro. Azar. Sentou. A loura era a líder, deu para ver, falava de assuntos maçantes, acreditava que ele era do ramo, afinal, lera o livro sobre o Egito. E a conversa seguiu, deixaram as margens do Nilo, subiram a Carnac e Luxor, passaram pela Mesopotâmia, chegaram às ilhas gregas. Ele não conseguia dirigir só palavra a sua Joana D'Arc — ainda quente —; fugira da fogueira da Inquisição e retornava aos braços de seu salvador. Plena de carinho. Repleta de desejo. Um sonho.

Nisso, ele sentiu alguém cutucando suas costas: os dois amigos chegaram. Convidaram-se a sentar. Abriram a roda, pediram ao *garçon* duas cadeiras, uma de cada lado da morena. Pelinho, malicioso e nada entendendo por que ele ali não estava, deu uma leve piscada, de canto de olho: achou que ele havia mudado de paquera. Que instabilidade! Ele percebeu que tinha de mudar seus planos, variar de estratégia, estava perdendo a parada. Começou a dar atenção total à loura, falar e tocá-la sutilmente. Cativá-la. Conseguiu. Lá pelas tantas, já íntimos, ela veio com essa:

— Quer dar uma volta de lancha, amanhã?

A princípio, ele ficou reticente... O que ela estará querendo? Veio coragem. Aceitou.

— Vamos à ilha do Mar Virado pesquisar um sítio pré-histórico que nosso professor descobriu. São cinqüenta minutos de lancha, saindo da praia da Fortaleza. Tudo bem?

— Tudo bem.

Seus olhos brilharam, o destino ajudava, teria o dia inteiro com a morena, que, do outro lado da mesa, com aqueles dois chatos perturbando, dava-lhe pouca atenção. O suficiente, porém, para manter a chama acesa.

Ele não disse nada aos amigos, o passeio de lancha era convite individual.

No dia seguinte, seis da manhã ele levantou, comeu o panetone de cima da geladeira, bebeu um copo de leite gelado, ligou seu carro com cuidado e foi para a Fortaleza. Era mais longe que imaginava, a estrada de terra serpenteando o morro estava mal cuidada. Quando chegou, os companheiros e a lancha fretada pela USP lá estavam. A loura fazia uma deferência convidando-o, quebrava o protocolo. Estranhos são proibidos de participar dessas expedições. Como ele havia lido *Deuses, Túmulos e Sábios*, não era tão turista assim, justificou. Logo ele se viu um estranho no ninho, os *colegas* olharam-no por cima, equipados com cantil, bota, chapéu, Repelex, canivete, farnel. A loura havia esquecido desses pormenores, aliás, nessas alturas, indispensáveis pormaiores. Mas seu entusiasmo pela morena era grande. Não haveria obstáculos intransponíveis, nem se lembrou de um probleminha que lhe acontecia, se o barco começasse a balançar demais.

A morena, quieta no canto — o convidado não era seu. Ele percebeu que ela soube do convite só agora. Veio o ciúme e, sem graça, ela via a loura ocupar seu segmento. Precisava reagir. Mas como? Também era tímida, e dois bicudos não se beijam...

Subiram na lancha, ele molhou o tênis, não gostava de ficar com os pés úmidos. O marinheiro deu a partida, é hora, vamos embora. O cheiro do combustível chegou. Ele tossiu, engasgou, o panetone subiu, engoliu de volta. Disfarçou.

Começou a travessia — "fez-se noite em meu viver" — detestava navegar, cinqüenta minutos, pareceram cinco horas.

Depois de meia hora de balanço, ondas altas, jogo duro, cheiro de gasolina, fumaça, o probleminha começou... Estava completamente enjoado, um mal-estar que não desejava nem a seus chatos companheiros de jornada. Ficou tão ruim que, entre uma vomitada e outra, desejou a morte! Seu mundo girava...

Chegaram ao Mar Virado, o nome vem mesmo a calhar. Ele estava entregue, para levá-lo a terra firme e ajeitá-lo numa sombra foi um custo. Quando deu por si, escutou a loura líder pedir à morena que ficasse ali tomando conta dele. Ela teria trabalhos a fazer com os outros. Não havia tempo a perder. Em que fria ela havia entrado fazendo aquele convite... O rapaz poderia ter morrido, não tem o hábito de navegar, ele estava tão indisposto que nem percebeu que estava numa praia deserta, *tropicaliente.* A sós com sua morena.

Aos poucos, foi-se livrando do desconforto, ela mostrou-se eficiente enfermeira. Escovou os dentes, o bafo de múmia estava insuportável, bebeu água, muita água, toda água do cantil. Veio a fome, os dois, sós, comeram as maçãs e os biscoitos da matula. E conversaram conversas sérias, ele, fraco, não queria nada além da sombra. E da presença dela. Entenderam que entre eles nascia sensibilidade. Um beijo, no silêncio. A vida voltava-lhe, havia regressado a vontade de viver.

A tarde caiu. E o medo, seria a volta igual à vinda? A volta foi suave, as ondas, o vento. A morena, tudo ajudou. Os companheiros também, deitaram-no na frente, tiveram dó.

Chegaram com fome, noite escura, direto ao hotel da praia, jantaram. Os outros nem perceberam que havia acontecido algo entre os dois. A loura, se notou, disfarçou.

Essa história poderia acabar aqui, final feliz. Mas não foi assim.

Sigamos.

Os dias passaram, pouco se viram. Ele no descanso, ela no trabalho. Restou algo estranho no ar, namoro de um só beijo, existe? Ou não estavam namorando? Nem ele, nem ela sabiam. No litoral, diz-se que "amor de verão não sobe a serra". Esse subiu, ela para a capital, ele para o interior, e vieram os telefonemas, longos e caros. Apaixonados. Pessoas tímidas desabrocham ao telefone.

— Na próxima sexta-feira, vou ver você — combinou ele.

Na casa dela, começaram os preparativos. A *sogra*, toda animada vendo a filha interessar-se por alguém, já andava inquieta com a abundância de deuses, túmulos e sábios na vida da menina. E nada de homem. O *sogro*, dentista de seleta clientela, bom homem, gostava dos deuses, dos túmulos e dos sábios na vida dela. Tinha ciúme de acontecimentos concretos, deixa ela lá com seus estudos, está bom assim. Ficou reticente com o namoro da filha. Chegou sexta-feira, flores nos vasos, toalhinha de linho no lavabo, sabonete novo, incenso, clima de festa. A morena, o irmãozinho e a mãe iniciaram a contagem regressiva. O pai, no consultório com seus pacientes — especialista em canal —, trabalho demorado, cansativo, dia inteiro em pé.

O namorado chegou com dois ramalhetes, rosas vermelhas para sua morena, gérberas para a *sogra*. Não sabiam que o moço era tão educado, precisaram pedir dois vasos emprestados à vizinha. Estavam no auge da felicidade, ele, acanhado, ela, feliz, e o menino, como todo irmãozinho de namorada, enchendo o saco. O pai telefonou, já vem, só falta um canal.

Demorou. Nove horas, o jantar esfriando. Apresentado ao moço, muito prazer, puxou a filha para seu lado, alisou seu cabelo, reclamou do cansaço, não havia sentado o dia todo, dez canais, seus pés em pandarecos. Ato contínuo: a filha tirou delicadamente os sapatos do pai, as meias e um intenso chulé invadiu a sala. Ofuscou rosas e gérberas e ninguém se tocou. Coisa estranha. Ela começou a fazer massagem nos artelhos do progenitor enquanto o menino buscava o chinelo de dedo no armário do banheiro. Cena chocante!

— O jantar está servido — avisou a sogra.

— Deixe acabar a massagem — retrucou a namorada, levantando o pé esquerdo do pai, deixando aparecer aquela frieira roxo-acinzentada, bem criada, já adulta, entre o mindinho e seu vizinho.

Decepção! Ele ficou decepcionado. Nojo. Justa causa. Jantou sabe lá como, foi-se o romantismo. O amor também, ou amor não havia. Final de romance, ela ficou com seus deuses. E ele, tchau! Nossa história bem que poderia ter acabado naquela noite na praia da Fortaleza.

Pleno acordo.

Um engano

O casal viajava há vinte dias num carro alugado em Roma, e, até aquele momento, não haviam encontrado ninguém conhecido, era assim que ela se referia a patrícios que iam encontrando pelo caminho. Coisa chata, desde o começo da viagem, eles não haviam escutado uma só palavra em português, apenas ele falando com ela, e ela falando com ele.

Começaram pela Toscana, entraram na Ligúria, amaram os Alpes italianos, tomaram o rumo da Côte d'Azur. Nossa língua soava estranha no ouvido daquela gente. Mesmo tendo raiz latina, confundiam-na com o grego, ou com as românicas, catalão — sei lá — tudo menos com o português, última flor do Lácio, como escreveu Bilac.

E seguiam, nada os afetava. Essa paz fazia-lhes bem, um só ao outro, raro conseguirem isso no agitado cotidiano da vida.

Chegando a Saint Tropez, perceberam que o hotel reservado, e pago, era chiquérrimo, sobrando estrelas. Do alto do estacionamento, podiam ver o cais, uma marina linda, o Mediterrâneo azul, iates de todas as quilhas, sentir o mistral, vento soprado da costa africana. O hotel devia ter sido um castelo antigo, com paredes largas, tapetes, escadas. E uma agradável penumbra. Deram-lhes uma suíte no térreo, enorme janela com vista para a piscina. Acima deles, três andares.

Cansados, tomaram banho naquele chuveiro sem-vergonha dos franceses, logo apelidado "caracu", não uma alusão à raça bovina, mas, sim, porque nunca conseguiam fazer o serviço completo: ora limpavam um, ora o outro. Isso quando não escapava das mãos qual um bólido, jateando o espelho da pia e suas adjacências. E, depois, aquela luta para reconquistá-lo.

Ele, brasileiro da gema, tinha certo jeitão de *sheik*, moreno queimado de sol, era fruto de muitos fados e alguma luxúria. Afinal, quase seis séculos de domínio na lusitana terra fizeram o fenótipo dominar o genótipo, o sangue português misturara-se gostosamente ao sangue árabe. Ela, não, era morena alva, sangue de europeu pra lá dos Pirineus, airoso charme gaulês.

Findo o banho, jantar. Timidamente, rangeram seus sapatos nas tábuas largas da mansão, chegaram ao *concièrge*. "Onde fica o *restaurant*?" Ela arranhava o idioma, havia estudado em colégio de freiras, era *enfant du Sion*.

Entraram e notaram estranho tratamento especial, seria o costume francês? A *maîtresse,* quando os viu, apressou os passos de suas esguias e bem torneadas pernas, ajeitou o penteado com as mãos. Parou, reverenciou o casal. Eles sentiram-se poderosos, interrogativos, por que todo aquele trololó? Deram-lhes a melhor mesa, com uma bela paisagem noturna do cais. Ele pediu seu habitual Red Label *on-the-rocks*; ela ficou com a misturinha de champanhe, nacional, com *crème de cassis.* O coquetel da moda.

Admiraram a marina lá embaixo, pontilhada de pequenas luzes coloridas, recordaram Dolores Duran cantando "a alegria de um barco voltando, para enfeitar a noite do meu bem...". E como o *blindex* não deixava o som entrar, mais parecia cena de filme mudo, produção de 1927. Espantaram com um imenso iate agora ancorado, não estava lá quando chegaram. Seria Onassis?

O *restaurant* continuava vazio, outro uísque, outro *kir*, e o fino trato continuava. Ela puxava um cigarro, logo surgia da escuridão um misterioso isqueiro a acendê-lo. Chique, chique e distinto.

Fizeram o pedido. Felizmente, a moda da *nouvelle cuisine* se foi, ficaram para trás os pratos coloridos, escalafobéticos e nada calóricos, aqueles que nos deixavam com vontade de atacar uma pizza ao sair do restaurante.

Hoje, receitas consagradas pela gente do interior estão com tudo: ela foi de *confit de canard.* Ele, um ensopado de feijão branco cozido com lingüiça de porco, alho e coxa de pato: o *cassoulet*, a feijoada do francês, que não é pesada como a nossa, pode-se jantá-lo sem problemas com o pH do estômago, sem pesadelos na madrugada. Nem sede.

O casal já estava alegre quando começaram a chegar as pessoas, homens bigodudos, bem vestidos, mulheres emperiquitadérrimas, um toque das mil e uma noites, semblantes árabes, senhores do petróleo e de altas contas nos bancos às margens do *Lac Lèman.* E todos que entravam respeitavam o casal de brasileirinhos na mesa principal, um sutil balançar de cabeça, mãos unidas. E os dois, no escuro e embalados pelo *kir* e pelo Red Label, começaram a achar aquilo divertido. Não tinham idéia do que poderia ser. E, naquela altura, nem queriam.

Foi quando um deles se levantou — os outros silenciaram — e começou um discurso em árabe, supôs-se, dirigido ao casal. Que suou frio. O que será?

De repente, súbito, o orador silenciou, olharam a porta de entrada, lá vinha o real *sheik*, rosto ibero-arabe, é verdade, braço dado com uma branquinha. Seguiram-se, então, as reais reverências, os garçons entreolharam-se. A moça das pernas bem torneadas corou. Percebeu-se, então, que, no escurinho do *charmant restaurant*, haviam cometido uma gafe.

— *Je suis desolé...* — A *maîtresse* desculpou-se com a *enfant du Sion*.

E ficou o dito pelo não dito. O *sheik* nem percebeu, seguiu a festa, divertiram-se. De vez em quando, os outros fitavam os dois. E sorriam de canto de boca.

Terminado o jantar, o casal pediu a conta para assinar.

— *Madame* e *Monsieur* nada devem, o *sheik* não admite que alguém pague quando ele está presente. O *restaurant* foi reservado a ele...

O casal balançou a cabeça, uniu as mãos, agradeceu. E foram.

Na manhã seguinte, debaixo da porta do quarto, o jornal do dia. Na coluna social, a *enfant du Sion* leu:

"Ontem um rico herdeiro saudita passou seu aniversário entre nós. Ele e sua namorada alemã desembarcaram de seu iate e convidaram seus súditos em férias pela Côte d`Azur para jantar no Byblos."

Biensûr.

A crise

O coronel era figura típica dos áureos tempos do café, anos 20: possuidor de vasta área, lotada de cafezais. Acima dele, só obedeciam a Deus. E olhe lá! Cada safra que seguia acentuava sua autoridade; sua voz firme e atitude decidida cada vez eram mais notadas. Saúde de ferro, não aparentava seus sessenta e tantos anos. Mesmo porque não enjeitava mocinhas, caiu na rede é peixe, com discrição e respeito.

Um *gentleman*, diziam.

Homem letrado, estudado no Rio, estava, dentro do possível, a par do que acontecia, sobretudo naquilo que lhe dizia respeito: o mercado internacional de café. Para isso, mantinha gabinete no porto, para orientar a melhor maneira de vender seu café.

A vida corria mansa. Sua patroa (*que mulher!*) fazia vistas grossas a seus deslizes (*ninguém é perfeito...*), até moçoilas francesas começaram a brotar em seu pomar, importadas só ele sabia por quem.

Foi quando seu gabinete santista começou a orientá-lo. A coisa não estava indo bem no estrangeiro. Ele, que nunca tinha ouvido falar em crise, pôs a barba de molho, entendeu que fazia parte de um mundo maior que aquele que se considerava absoluto. Ficou apreensivo. Mal conseguia administrar sua tensão. As meninas logo perceberam. O que está havendo com o coronel? O animado *gabiru* anda arredio, tristonho. A patroa nem notou; para ela, normal, o maridão continuava igual.

Ele começou a perceber que, assim como há uma interdependência entre os vários negócios dentro de uma nação, também existe uma correlação entre as várias economias do mundo. Quanto maior a expansão do capitalismo, maior fica essa interação. Isso quer dizer que a tal globalização já existia, era vagarosa, as lentas comunicações atenuavam seus efeitos.

Sempre dizia que o melhor do capitalismo é ser capitalista. Via agora seu dinheiro minguar e nada podia fazer. Logo ele, homem de arregaçar as mangas e enfrentar embaraços. Usufruíra do enriquecimento que o pós-guerra trouxe aos americanos, o café seguiu a esteira dessa prosperidade. Relutava, agora, ver esse mundo desmoronar. Nossa saúde econômica dependia dos Estados Unidos. Lá, a renda, nas mãos de poucos, tornara frágil esse enriquecimento. Até estourar!

No verão de 1929, a Bolsa de Nova York operava agitada. Embora todos percebessem que havia algo estranho no ar, predominavam as idéias do liberalismo econômico. Diziam que o próprio mercado se encarregaria de encontrar o caminho de voltar à normalidade. Estavam errados. E, como a economia rodava nas mãos de poucos, a Bolsa era o caminho direto para o sucesso. Tais empresários lançaram um número de ações maior que poderia suportar o mercado, e esse castelo de areia só conseguiria subsistir se houvesse compradores. Não havia, o assalariado estava pobre, faltava dinheiro. E o castelo desmoronou.

O abalo levou o coronel à lona. Ele, antes alegre, cheio de pose, ficou entregue. Brochou. Chorou quando o governo ordenou que sua produção fosse queimada. O preço do café não compensava nem o custo do transporte. E, para complicar, começou a sentir uma dorzinha no lado esquerdo. Conteve-se, não contou nem à patroa.

Uns dias depois, começou a puxar da perna, aí todos perceberam.

— Deve ser coisa à toa, mulher, é estado-de-nervo!

— Estado-de-nervo do quê? Você é a calma em pessoa!

Começou a incomodar. Ele, que nunca havia se queixado de dor em toda a vida, colocou um emplastro Sabiá na virilha. Será que resolve? Não resolveu.

Não houve jeito, teve que ir ao médico.

— O senhor tem um furúnculo interno, precisamos suturá-lo — disse o doutor. — É *staphilococcus*, pode ser grave.

— Quer dizer que não tem nada a ver com a crise?

— Crise? O coronel é um homem rico, saúde não lhe falta. Vaso ruim não quebra! — Ninguém nunca soube se o doutor estava falando sério ou fazendo troça...

E ele entrou pela primeira vez como paciente da Santa Casa que ajudou a construir. Havia sido seu provedor por muitos anos. Marcaram a operação para o dia seguinte. Coisa simples, disseram.

A patroa ficou surpresa com a popularidade do marido e a quantidade de visitas de políticos, candidatos a tudo, todos a lhe desejar franco restabelecimento. Até a enfermeira-chefe, íntima conhecida de outros tempos, foi levar seu fraterno abraço. Quantas vezes ele não a havia escutado sussurrar-lhe frases bonitas, melosas, nos ouvidos. Subia-lhe um arrepio pelas costas, desde lá embaixo até a nuca! Eta coisa boa! Bons tempos. Agora tá tudo mudado.

Pouco antes de ele ser levado à sala do doutor, a amiga enfermeira entrou no quarto com uma bacia d'água, sabão de barba, pincel, navalha.

— Bom dia, coronel, vim fazer a limpeza do lugar onde o doutor vai cortar. É como fazer a barba. Só que é lá embaixo. Coisa rápida.

Pediu à patroa que saísse do quarto, no que ela atendeu um tanto desapontada. Puxou a colcha branca com o logotipo da Santa Casa, baixou o pijama do coronel, começou a fazer espuma com o pincel. Ele, pasmado, olhos arregalados, pensou "ainda bem que é ela, habilidosa como quê...",

Ela começou a ensaboar as vergonhas do coronel.

— Quer que eu esquente a água, coronel?

— Não, tá boa assim...

E naqueles poucos minutos, a fantasia levou-o ao passado: quantas vezes os dois estiveram juntos, em circunstâncias diferentes...

Tudo ensaboado, ela, sem cerimônia, pegou o pinto mole do coronel (*que crise!* ela pensou), esticou-o para cima. Com a outra mão, delicadamente começou a rapar seus esbranquiçados pentelhos (*que saudade!* voltou a pensar).

O serviço ia lá pela metade, coisa gostosa, a morena ainda tinha muito jeito. E aquela melecada lá embaixo, deliciosa. Seu pensamento vagou, o coronel não se conteve:

— *Mor, num* precisa mais *segurá* que o bicho já tá ficando de pé sozinho, *num* tá vendo? Você não quer aproveitar, pode ser a derradeira?!!

Crise?

Crônica de uma dor

Neste mundo eu choro a dor, por uma paixão sem fim
Ninguém conhece a razão, por que eu choro no mundo assim
Quando lá no céu surgir, uma peregrina flor
Pois todos devem saber que a sorte me tirou foi uma grande dor...
Lá no céu, junto a Deus, em silêncio minh'alma descansa
E na terra, todos cantam, eu lamento minha desventura
Desta pobre dor.
Ninguém me diz que sofreu tanto assim
Esta dor que me consome não posso dizer...
Quero morrer; vou partir pra bem longe daqui
Já que a sorte não quis me fazer feliz!

Tudo começou com uma piada: o amigo quando fez cinqüenta anos foi fazer exame de próstata, o toque retal. O médico, percebendo seu mal-estar, sugeriu, para aliviá-lo:

— O senhor não fique nervoso, é coisa à toa. Para acalmá-lo, vou assobiar *Saudades de Matão,* enquanto examino.

O amigo olhou de canto de olho, marinheiro de primeira viagem, desconfiado, não lhe restou alternativa. Estava entregue. Disse *sim* com a cabeça. O doutor pôs talco na mão, luva cirúrgica, lambuzou o local com vaselina, mais talco, lubrificou os lábios com a língua. Começou a assobiar, no ritmo. Quando o exame ia pela metade, o amigo, sorridente, sussurrou:

— Por favor, doutor, não dá para o senhor mudar para *Tico-tico no Fubá?*

E assim foi, encontramos argumentos com essa fraca anedota para versarmos sobre a bela valsa. A famosa e controvertida *Saudades de Matão.*

A história recomeça, agora, numa conversa séria, o primo e eu enxugando alguns copos de chope no Pingüim. Os assuntos foram engrenando igual a um dominó, um tema puxando outro, a prosa fluindo, dessa piada emendamos na valsa, ele comentou:

— Toda música tem sua história, menos uma, *Saudades de Matão.* Seu autor chora uma dor, dizendo que ninguém conhece a razão por que ele está chorando. E que, quando morrer, no céu vai surgir uma peregrina flor e todos, a cantar, irão saber que a sorte lhe tirou uma grande dor.

— Que dor é essa?

Acaso seria a infidelidade de uma mulher, como em *Cabocla Thereza*? Seria a chifrada do touro bravio no *Menino da Porteira* ou a morte no fogo, churrasquinho de mãe, em *Coração de Luto*? Não! É uma dor que ninguém sabe o que é. Quem compôs *Saudades de Matão* fez mistério dessa dor, sabe qual é, mas não pode dizer. E não diz. A música foi gravada e bateu recordes de venda. Todos cantaram essa dor gratuita, a dor pura cuja causa a letra nem insinua.

Por quê? Porque sofrimento e tristeza, venham de onde vier, pegam fundo nossas emoções, ninguém permanece insensível, a nuvem melancólica que nos envolve é a *tristeza remota*. Aquela de todos, ou a de cada um. E toca-nos porque a dor poderia ser a nossa — e não é — ou, então, a estabelecemos como uma dor que já existiu, estamos tendo ou iremos ter, em forma de lamento, sem ironia, nem angústia.

Viajando a Bebedouro para fazer um show, Raul Torres foi recebido na estação por seus produtores e seguiram a pé até o hotel, ali perto. No trajeto, encontram um paraplégico na cadeira de rodas, tocando violão e cantando. Passam por ele, o homem vê o artista, dá bom dia, sem parar de tocar. A música chama a atenção de Raul, que dá meia volta, ouve mais um pouco, tira seu violão da caixa. Pede ao homem para ensiná-lo. Pergunta de quem é, ele não sabe ou não quer dizer, e ficam os dois ali conversando, a sós. Tocam algumas outras vezes a mesma música, os produtores do show não entendem como um artista do prestígio de Raul Torres está ali, agachado ao lado de um inválido, pedindo que lhe ensine a tocar a canção.

Quando já está tocando bem, agradece. E segue. Raul repetiria aquela música o resto do dia, a triste melodia o perseguia onde estivesse. Voltou a São Paulo, mostrou a um, a outro, ninguém conhecia. Anunciou por dias no programa que tinha na Radio Difusora. Não apareceu ninguém. Diante disso, fez a letra para a canção e resolveu gravá-la. Foi o maior sucesso de vendas de discos de 1938.

Então começaram a aparecer os que diziam ser os autores, um de Barretos, outro de Matão, outro de Taquaritinga, mas nenhum com prova convincente. Por fim, depois de popularizado o disco, aparece, na capital, Jorge Galati, maestro da banda de Marília, dizendo-se autor da valsa, com documentos datados de 1904, provando que a havia composto em Franca e a batizara "Francana". Diante de tais provas, concordaram em dar a ele a paternidade da melodia.

Quando parecia resolvida a questão, apareceu Antenógenes Silva, grande acordeonista, o primeiro a trabalhar em discos com duplas sertanejas. Ele, ao ser chamado a gravá-la, assustou-se quando leu o nome dos autores. Segundo ele, havia composto e gravado a valsa em 1918, pela etiqueta *Popular*, propriedade do filho de Chiquinha Gonzaga, só que, no disco, a música tinha o nome de *Francana*, e, naquela época, não saía publicado o nome do autor.

Gerou-se outra polêmica, ocupando por meses o noticiário da época, com denúncias, brigas, até advogados na Justiça. Chegou-se a um consenso, a letra seria de Raul Torres e a melodia dividida entre Antenógenes e Galati.

Contudo, desconfiava-se que *Saudades de Matão* tinha letra e música de origem suspeita. Por que o genuíno autor nunca se apresentou para lucrar a fama de tamanho êxito? Por que música e letra tão sombrios? Por que inexistência de mulher na letra? Por que essa aflita opção pelo anonimato? E essa cadeira de rodas?

— Essas perguntas, quando conheci o fato, deixaram-me hesitante, comecei a comentá-lo com quem quisesse me ouvir. E foi num sobressalto que, conversando com um amigo também médico, que acabara de ler um livro sobre a triste vida de um leprosário, num certo ponto disse-me: "Esse trabalho me faz lembrar a música *Saudades de Matão*, cujo autor, hanseniano, não podendo expor o mal que o agoniava, apenas diz 'ninguém conhece a razão por que eu choro no mundo assim...' " Esse é o argumento de termos música e letra tão tristes, ausência de mulher, ocultar seu nome.

E continuou:

— Está morta a charada: o autor da letra e da música era aquele senhor lá de Bebedouro, o leproso. E, com coerência, explico o enigma. Para mim, são motivos suficientes, embora seja um diagnóstico psicológico. Não tenho prova alguma. E precisa?

— Não! Se não for, fica sendo!

Um mês depois daqueles chopes no Pingüim, Marcelo morreu.

O fim

— Como escrever sobre o fim? O fim da vida?

— Não! Você não entendeu, é o fim do livro.

— Ah!

— Mas você está me dando uma idéia: no fim do livro, escrever sobre o fim da vida... Tentemos, pois.

— Mas isso não fica meio sinistro?

— Ficar, fica, mas tornemos o tema mais leve. Falemos dela de maneira amena. Você verá.

— Vamos lá.

O fim

[illegible]

A morte serena

Os recursos eram escassos nos sertões do Sapucaí, por isso sua mãe voltou a Itu para ele nascer. De lá haviam emigrado três anos antes, buscando novos horizontes. Porém, logo voltaram para casa, sua terra era a Mogiana — remotos idos — antes mesmo de os trilhos de ferro lá alcançarem.

Passou a infância na fazenda. Aprendeu vivendo, primeiro com o caboclo, depois com o imigrante europeu que por lá chegara. Seu pai, moço educado na Europa, um intelecto diferenciado para aquelas plagas, levou-o menino a estudar na capital, na escola americana, depois na engenharia. Mas ele não quis saber de formatura, abandonou o curso, sua vontade de enfrentar o mundo era maior. Foi ajudar o pai.

Aos vinte e poucos anos casou. Sua mulher havia herdado um pedaço de terra e lá foram os dois, derrubaram mato, plantaram café e esperança, progrediram.

Vieram os filhos. Muitos.

A vontade de expandir levou-os ao desconhecido, às margens do Tietê da Alta Noroeste: mata bruta que demorou virar pastagem, a crise de vinte e nove abateu-os — balançaram, mas não caíram — trocaram o café pelo algodão, mas sempre de olho no boi.

Desde cedo, destacou-se, participando da evolução da agricultura, cafeicultor exemplar, cotonicultor em vasta área; foi o pioneirismo que o fez conhecido, produziu sementes, puxou a fila da mecanização, trouxe o arado de disco, o trator de esteira, a colheitadeira automotriz. Viu futuro no cerrado, naquelas vastas áreas ainda ociosas.

Dele ouvi este comentário:

— Deviam fazer um monumento ao calcário, ele transformou nossa vida!

A adição de calcário ao solo do cerrado, corrigindo sua acidez, tornaram-no viável à agricultura. Se ele tivesse vivido até nossos dias, certamente completaria a frase, incluindo nela a soja e o capim *brachiaria*...

Entusiasmou uns rapazes recém formados em agronomia, e que haviam fundado uma firma de mecanização agrícola, a destocar um pedaço de cerrado em sua fazenda. A Segunda Grande Guerra chegou e modificou seus planos, só sessenta alqueires estavam desmatados, mas o suficiente para mostrar o êxito da experiência. E a idéia deslanchou, importou máquina própria e começou a transformar o cerrado improdutivo em bom negócio.

Nesse tempo suas terras no Tietê já eram pastagens formadas, com muito gado a pastoreá-las. Quando a viuvez chegou, suas propriedades lá eram tão grandes quanto as de cá: na partilha com os filhos, a eles couberam as fazendas de agricultura, ele ficou com a pecuária. Logo se tornou grande criador de bovinos, relacionou-se com meio mundo desse Brasil Central, entrou no Mato Grosso com setenta e dois anos, formando pastagens em mais uma fazenda. Seu espírito empreendedor continuava latente, seu gosto pelo trabalho era o de um jovem.

Ao mesmo tempo, ajudou filhos e parentes, participando da instalação de uma usina de açúcar e álcool. Com a decadência da cafeicultura e julgando instáveis as culturas anuais, como soja, milho e algodão, desde cedo ele pensava em instalar uma indústria canavieira.

— Precisamos de uma lavoura permanente, é ela que nos dá estabilidade! Já que o café se foi, plantemos cana!

Por falta de espaço, ele mesmo não plantou.

— Isso é coisa para moços, mãos à obra!

Hoje, essa usina está entre as cinco maiores do país, empreendimento creditado ao trabalho e à união de muitos.

Nada deixou desaparecer de suas mãos. Assim, jovem, herdou uma criação de jumentos do sogro e passou-a aos filhos, como também a de gado Caracu. Começou a criar, por recreação, carneiros e cabritos, mas foi grande e competente na seleção de Nelore Mocho e de cavalos Mangalarga, deixando linhagem respeitada.

Nunca reprimiu o moderno, ao contrário, incentivava, salvo em matéria de roupa: terno de linho branco, e nunca tirava o paletó.

— Preciso de bolsos para guardar minhas coisas!

Tinha o hábito de fazer poucos cheques, gostava de carregar dinheiro vivo, naquela época podia. Implicava com a calça jeans dos jovens, dizia que apertava o saco, isso poderia diminuir a capacidade de procriar! Tinha razão?

Moderno no atacado, tradicionalista no varejo, sua postura e alta voz, com muita opinião, abalizada, creditavam-lhe carisma inconfundível. Hoje, lembrado com saudade.

Já velho, apertou meu braço com firmeza, levou-me a um canto da casa. Confidenciou:

— Escute meu conselho, a vida é muito curta. Aproveite-a!

Nas entrelinhas dessa simples frase, escondia-se o atento observador das coisas do mundo, ponderava que a direção é mais importante que a velocidade. "O que é do lobo, o leão não come."

No dia em que a usina fez dez anos, marcaram uma grande festa. Vovô, sozinho no seu Sítio do Lagarto Verde, almoçou, goiabada cascão e queijo mineiro de sobremesa, e tomou café de seus próprios cafeeiros. Levantou da mesa ainda com o guardanapo preso entre os botões da camisa branca. Foi até seu quarto, pegou o terno de casimira inglesa, pediu à Dona Filhinha para passá-lo. Queria estar chique na festa daquela noite. Caminhou até a rede do terraço, deitou. Cochilou. Não acordou mais.

Serenamente, morreu.

A morte anunciada

Foi a dele, depois de jogar pólo longos anos, pilotar bombardeios, disputar Le Mans com uma Ferrari, procurar tesouros perdidos no Caribe. Seu sucesso com as mulheres o converteu em legenda: Zsa Zsa Gabor, Ava Gardner, Jane Mansfield, Verônica Lake, Dolores Del Rio, Eva Perón, todas passaram por seu crivo. Casou e descasou com várias das mais ricas, Flor de Oro, Doris Duke, Barbara Hutton.

Truman Capote, que entendia do assunto, disse que o maior atributo dele era seu avantajado membro, "onze polegadas, e grosso como uma munheca". Cada polegada mede 2,54 centímetros. Faça a conta. Por muito tempo seu legado gozou toda Paris. Quando um comensal solicitava ao garçon o moinho gigante de pimenta, pedia pelo nome dele. Quando descobriu ser estéril, melhor, as mulheres saltaram em sua cama, deliciadas com sua técnica inexorável de sedução. Ele era foda, literalmente.

Baixinho, metro e setenta, sem cara de galã, mas com sangue latino. Era o bastante. Não nasceu e nunca foi rico;

em tempo algum, teve emprego *full time.* Sabia gastar, viesse o *l'argent* donde viesse. Nasceu na República Dominicana, em 1909, e, como seu pai era diplomata, foi morar em Paris aos onze anos. Três anos mais tarde, seu pai foi transferido, ele ficou com uma família chilena, com ela permaneceu na França e, só aos dezessete anos, voltou a seu país para o serviço militar. Chegou a oficial aos vinte anos, e, jogando pólo, tornou-se capitão da equipe de seu país. Sem um tostão no bolso, durante um jogo, chamou a atenção do ditador Trujillo.

— Que você está fazendo?

— Estou estudando para ser advogado.

O ditador pediu-lhe que, ao invés do estudo, passasse à Guarda Presidencial. Ele aceitou, sabia que as mulheres adoravam homens de uniforme. Sua primeira missão foi buscar a filha do ditador no aeroporto. Flor de Oro tinha dezessete anos e regressava ao país depois de estudar na França. Ele começou sua cantada falando um francês fluente. A moça caiu. No baile do Palácio Presidencial, dançaram a noite toda, e isso não era correto naqueles tempos. Seria *um ato suicida* em se tratando da filha do chefe. O ditador não gostou, mandou prender o rapaz, que fugiu e escondeu-se no cafezal de sua família, por oito dias.

Flor de Oro mandou-lhe um bilhete, pedindo-o em casamento. Aceitou. Na noite de núpcias, a moça teve um chilique quando viu o tamanho da *coisa*, correu e gritou por toda a casa, demorou uma semana para recuperar-se, feliz da vida. Descobriu que *guerra é guerra*.

Casadinho de novo, virou diplomata, serviu em Berlim, depois Paris. Daí começou a farra — Flor de Oro voltou para casa — pediu divórcio. Por algum tempo, ele não pôde regressar ao país, Trujillo estava *uma vara*, queria matá-lo, e, sem a filha do velho a financiá-lo, vendia passaportes dominicanos a judeus desejosos de escapar da Europa. Fez bom dinheiro.

"*Y asi se pasaron diez años*, sem eu ver teu rosto, sem olhar teus olhos, sem beijar teus lábios", como no bolero de Rafael Hernandez. Até que, um dia, o ditador lhe telefonou, dizendo que seu filho Ramfis e sua ex-Flor de Oro viajariam a Paris e queriam um guia. Ele foi tão bom que Trujillo viajou no mês seguinte para conhecer a Cidade Luz. Ele levou o ditador para jantar no restaurante da Torre Eiffel. O velho se engraçou com uma bela francesa, vendedora de cartões-postais, e deu-lhe um trato lá em cima mesmo. No mês seguinte, em reconhecimento a serviços prestados ao país, Trujillo nomeou-o Agregado Comercial en Francia.

Aí começou sua carreira de *playboy*, casou-se com Danielle Darrieux, a atriz mais bem paga da França, conheceu a herdeira de uma fábrica de cigarros, Doris Duke, que lhe mandou um recado: "Quando terminares com Danielle, chama-me que virei". Foi o bastante. Casou com Doris, que não gostou quando ele teve uma recaída por Flor de Oro. E o casamento durou menos de dois anos.

Foi nomeado para Buenos Aires, um fim de mundo e ficou uns tempos sossegado, só deu uns pulinhos com Evita Perón, dizem. Voltou a Paris a pleno vapor, festas e sexo, sem drogas, nem *rock'n'roll*, não era moda. Transou bastante com Zsa Zsa Gabor, atriz famosa, húngara quentíssima, casou com Barbara Hutton, podre de rica, que logo ficou doente — ele recebeu bom dote — e cinqüenta e três dias depois, voltou para Zsa Zsa, *doida demais*.

Aos quarenta e sete anos, conheceu uma linda francesinha, Odile, trinta e um anos mais jovem. Enamorou-se. Casou, depois de precisar dançar bons boleros com sua mãe, que se opunha ao matrimônio. Em 1957, Trujillo nomeou-o embaixador em Cuba, ficou amigo do ditador Batista e, quando este foi derrubado por Fidel, asilou-se em Santo Domingo. Influência dele. Trujillo não achou nenhuma graça. Mudou-se para Miami, e sua única preocupação foi como tirar seus cavalos de pólo de Cuba. Chavecou meio mundo, conseguiu.

Servia na Bélgica quando Trujillo foi assassinado e, com os dias contados na diplomacia dominicana e em dificuldades financeiras, vendeu sua fazenda de café a preço vil. Aos cinqüenta e três anos, desempregado, vivendo como pobre, vendeu a casa de Paris, mudou para o subúrbio, ficou deprê, recomeçou a vida de gigolô, iniciou suas memórias. Inacabadas. Tentou outros negócios, sem sucesso, quando sua equipe de pólo ganhou a Copa da França. Para comemorar, fizeram uma grande festa. Naquela noite, ele teria dito a alguém, "não quero chegar a velho..."

Dito e feito.

Às sete da manhã, só, pegou sua Ferrari conversível, foi para a avenida do Bosque de Boulogne.

Porfírio Rubirosa entrou em cheio numa árvore.

Morreu na hora.

A morte trágica

Reconstruir o cotidiano de uma cidade recém-assolada por uma epidemia é tarefa árdua. O pânico dominava a consciência de muitos, ainda a não esquecer as mortes. As seis semanas de gripe espanhola geraram seis mil mortos em São Paulo, obrigaram coveiros a cavar sepulturas até a noite, e o governo, a distribuir caixões, sem contar os bizarros mortos vivos que acordavam nos necrotérios, sem saber onde estavam.

Don Alfredo LePera nasceu na capital paulista e emigrou para Buenos Aires, em 1918, fugindo da terrível gripe. A tragédia de ver morrer entes queridos tornou-o uma pessoa lúgubre, pessimista, caráter depois notado nas letras de suas composições. Pouco depois, já se sentia argentino, trabalhando em jornal e escrevendo sobre o meio artístico e literário. Ficou conhecido e, com o advento do cinema falado, foi contratado a traduzir filmes do francês para o espanhol.

Agora residindo em Paris e legendando filmes, a casualidade o fez conhecer Carlos Gardel, que estava em turnê pela França. Os dois tornaram-se autores, em parceria, de famosos tangos, como *El Dia Que Me Quieras, Mi Buenos Aires Querido, Cuesta Abajo*, e uma inseparável amizade floresceu. Gardel, no auge de uma brilhante carreira, e LePera, jovem rapaz, agora tradutor e *periodista*, havia tentado estudar medicina. Chegou a ficar noivo de uma colega, trocando-a, depois, *por una hermosa bataclana de cabaret*. Mas passou...

Embora essa amizade tenha durado apenas os três últimos anos de vida de ambos, o paulista transformou Gardel, soube salientar seu carisma, a suprema elegância mesclou-se com seu jeitão suburbano, cavalheiro dotado de nobres sentimentos. Passou a dirigir suas películas, representando-o tal como era na sua vida real: terno, gentil-homem, enamorado, direito, bonito, sensual. Ou seja, aquilo tudo que gostaríamos de ser.

Suas letras constituem frases proverbiais, que Gardel sabia cantar:

Que veinte años no es nada.
Siempre se vuelve al primer amor.
La vergüenza de haber sido y el dolor de ya no ser.

Assediado pelas mulheres, Gardel nunca se comprometeu com nenhuma, fazendo correr cochichos de que seria homossexual. Isso nunca saberemos.

Os dois amigos voavam para Medellín, Colômbia, no dia 24 de junho de 1935, com mais quatorze pessoas. Vôo agitado, e o F-31 preparava-se para aterrissar. Ao mesmo tempo, outro avião, o *Manizales*, de transporte de cargas, preparava sua decolagem, mas ainda estava fora da pista. O F-31 começou a deslizar, suavemente, já no chão: o que aconteceu nesse momento foi repentino e inesperado. Um forte golpe de vento jogou o avião de Gardel sobre o

Manizales. O choque foi inevitável, os dois aviões mais pareciam dois monstros em luta, silenciaram os motores, agora só gritos de dor e pavor, o fogo tomou conta de tudo. Gardel e LePera, que, desde que se conheceram, jamais se separaram, morreram juntos, um ao lado do outro, afinidade também na morte.

O cadáver de Gardel foi identificado sem maiores problemas, a beleza e a brancura de seus dentes eram inconfundíveis.

E virou mito, ele havia conseguido que o tango subisse dos pés para a boca, deixasse de ser somente uma dança de *rendez-vous*. No Brasil, Herivelto Martins e David Nasser, na voz de Nelson Gonçalves, prestaram sua homenagem:

Por isso, enquanto houver um canto triste
Um otário, um cabaré, uma guitarra,
Tu viverás, também, Carlos Gardel.

Fui visitá-lo no Cemitério de la Chacarita: perguntei ao funcionário, respeitosamente, onde ficava o famoso túmulo. Respondeu-me como se tratasse de alguém de sua terna intimidade:

— *Carlitos está en la esquina de la 33 con la 12...*

Lá estava a tumba, com sua estátua sorridente, fumando, a transbordar de flores por todos os lados. Uma mulher arremessa cravos sobre seu rosto, diz-me que é para acariciá-lo. Depois, prende-lhe o cigarro no canto da boca, ajoelha. E reza. Chega outra, diz que vem toda semana, coloca mais flores e um bilhete junto à tumba, *A mi eterno cantor...*

A morte é como penetrar no silêncio. Não para ele, dizem os *porteños, pués Carlitos canta cada dia mejor!*

Y desde que se fué, triste vivo yo...

De Alfredo, nada sei. Se *fué.*

A morte gostosa

Numa dessas tardes quentes de verão, a soja em plena floração, fui até a fazenda dele, pedir-lhe que viesse à cidade. Queríamos churrasquear, necessitávamos sua ajuda. Nesse tempo, eu tinha um fusca cor-de-tijolo, cheguei de mansinho. Vi o pé dele, livre da botina, aparecer na janela da camioneta.

"O 'fia-da-mãe' está dormindo a essa hora do dia", pensei, procurando um ramo de guajuvira, desses bem mole.

Pé ante pé, cheguei a ele e comecei a fazer cócegas na sua orelha. Alisava de lá, alisava de cá. Nada de seu ronco ceder. Ele só deu uma leve despertada quando comecei a passar o ramo em seu lábio. Resmungou, virou de lado, nem abriu os olhos:

— Ô Zé, pára de encher o saco!

Fiquei intrigado, meu nome não era Zé, quem seria o Zé? E continuei. Perdi a cerimônia, quem seria o Zé?

— Porra, Zé, vai cuidar da sua vida!

E, num repente, virou. Sentou, abriu os olhos, viu que não era o Zé, passou a mão suja nos olhos e disse:

— O que você está fazendo aqui? Pensei que era o Zé...

— Quem é o Zé?

— É o Zézim porqueiro, ele trata dos meus porco, uai.

Ele era assim: patrão, mas dava essa liberdade aos empregados. Zé podia até acordá-lo no meio da tarde com a roçagem de um pequeno ramo de guajuvira. Aliás, ele não era um fazendeiro, estava fazendeiro, havia herdado aquilo do sogro. E, da noite pro dia, viu-se com aquele trambolho nas mãos.

Durante alguns anos, foi um dedicado lavrador, embora pouco competente, aquilo não era bem o que ele queria da vida. Resolvi, então, fazer-lhe uma proposta: arrendar sua fazenda, eu a tocaria, ele viveria de mesada. Aceitou na hora. Havia nascido para outra coisa, nem mesmo ele sabia ao certo para quê. Situação complicada, ele bem passado dos 50, já do meio-dia pra tarde. E ainda sem vocação. Filosofava, era um filosofo da ruralidade.

Sua mulher, aquela santa, achava ele o melhor homem do mundo.

— Sorte sua, dizíamos.

— Competência! — retrucava, firme.

Fazenda arrendada, amansou a vida, só fazia o de que gostava, lia muito, esmerou-se em Guimarães Rosa, fez um curso sobre Diadorim, conheceu os grandes sertões e suas veredas. No bar, suas explanações eram concorridas.

Outra atividade a que se dedicou foi "bestar", andar à toa, que coisa boa. Palpitar da vida alheia com agudeza de espírito, sua opinião era sempre considerada. Janela é janela.

Começou a engordar, a barriga crescer, muita cerveja. Um dia embaralhou as vistas, sentiu-se mal, assustou os amigos. O infarto pegou-o. Logo ficou bom, mas o doutor recomendou:

— Nada de excessos, farra jamais, alimentação controlada, e caminhar pelo menos três quilômetros todo dia.

Fez as contas, três quilômetros eram duas vezes o campo de pólo. Mole. Começou bem, disciplinado. Depois, aquilo foi ficando monótono, relaxou. Assumiu a vadiagem. A todos dizia, com pompa e orgulho, quando lhe convinha não fazer nada:

— Infelizmente, não posso, sou infartado...

A preguiça venceu-o.

Um dia, um amigo lhe disse que tinha lido num compêndio médico que uma boa trepada valia por três quilômetros... Caiu a sopa no mel. Voltar à ativa foi fácil, um rei nunca perde a majestade.

— Hoje, caminhei três quilômetros — comentava ele, no bar.

Traduzindo, tinha dado uma.

O tempo foi passando, relaxando, o amor às caminhadas era bem melhor. Estava feliz. Naquele sábado, tinha festa na panela de pressão, nome que davam àquela antiga fábrica de malas, na descida da estação. Lá dançavam os bailes mais animados da cidade.

Noite alta, sanfoneiro de primeira, desses que tocam até cair pro riba do fole, ele e a namorada tal duas plumas a deslizar, já na quinta seleção, agora o de que mais gostava, boleros e guarânias.

Suas pernas bambearam. Suou frio. A dor no peito, velha conhecida. Bambeou, a menina não agüentou seu peso.

Caiu duro. Rindo.

Ploff!

Foi a morte mais gostosa de que tive lembrança, nos braços da morena perfumada, cochas entrelaçadas, rosto colado.

E o gaiteiro caprichando um vanerão...

Em seu respeito, os companheiros dançaram até o sol despontar no horizonte. Depois, tomaram banho, roupa limpa, foram velá-lo.

Ele bem que merecia.

A morte romântica

Foi a de Altemar Dutra, morreu cantando. Numa noite de outono, em Nova York, começava o show, a platéia aplaudia seu canto, *Sonhei um dia que eu era um trovador...* o derrame não lhe deu chance. Morreu cantando.

Ao entrar no palco, esse mineirinho de Aimorés, que, ainda criança, mudou-se para Colatina, num repentino, lembrou-se do velho violão, presente de sua mãe, que aprendeu a tocar sozinho. Veio um soluço emocionado, não deu tempo pra mais nada. Lá foi ele.

Cantar lá em cima.

Enquanto o conjunto fazia a entrada, extraindo seus primeiros acordes, alternando escalas, boleros invocavam melindrosas introduções, ele lembrou seus domingos a cantar na Difusora de Colatina. Ainda menor de idade, conheceu o sucesso, foi para o Rio, e, camuflando-se do juizado de menores, apresentou-se quase um ano na boate Baccarat.

Lá, Helena de Lima, sublime intérprete, com ouvido clínico, viu futuro no rapaz e convidou-o a apresentar-se na famosa boate O Cangaceiro. Sua amizade com Joãozinho, do Trio Iraquitan, levou-o para a Odeon, onde gravou *Tudo de mim*, de Evaldo Gouveia e Jair Amorim. A partir daí, deslanchou, tornou-se o cantor ideal da dupla: *Que Queres Tu de Mim?*, *Somos Iguais*, *O Trovador*, *Sentimental Demais*. E a música que marcou sua carreira, *Brigas* ("Veja bem, que tolice nós dois brigarmos tanto assim...").

Seu sucesso extrapolou fronteiras. Na América Latina, apresentou-se em vários países, fez par com Lucho Gatica, o maior dos cantores de boleros. Tornou-se, então, o trovador das Américas, assim chegou aos Estados Unidos.

Naquela noite, no palco de La Tanquera, boate da comunidade hispânica, depois dos primeiros acordes, começou:

Sonhei um dia que eu era um trovador...

Sentiu-se mal, não terminou. Morreu cantando. Quarenta e três anos.

Ficaram suas músicas, ficou a saudade.

Eu nunca mais vou te esquecer!

A morte silenciosa

E, para pôr termo a este livro, que espero não seja o último — é agradável escrever — tratarei de delinear os contornos de uma figuraça, síntese de vários tipos que conheci em minha trajetória.

É o marido de minha professora.

Quando eu estava no colégio, fiquei numa segunda época em matemática e arrumaram uma professora particular para atrapalhar minhas férias. Ela morava naquela rua que sai em ângulo com a avenida, depois da praça. Hoje, essa rua tornou-se bela avenida, duas pistas, canteiro florido no centro, orgulho dos paulistanos. Naquele tempo, era estreita e sinuosa, calçada com pedras desiguais, suja e feia. Nos fundos da casa, um córrego poluído, uma pinguela, e do outro lado uma horta cheia de hortaliças. Óbvio. A ladeá-la, taboas, guanxumas e pernilongos. Falando assim, tem-se a impressão de que essa casa ficava num fim de mundo. Não era. Era até um lugar agradável.

O marido da professora, cinqüentão, usava um surrado terno Clube Um, da Ducal, azul-marinho, camisa branca e colarinho virado para cima. Cheguei a pensar em doar-lhe um par de barbatanas — vovô tinha aos montes — ou mesmo sugerir que usasse dois palitos Marquezinhos, com as pontas cortadas. Mas a timidez impedia-me tais liberdades. A gravata era da cor do uniforme do clube da rua Javari, grená. Nó cebola, nunca desfeito, o que dava ar de desleixo àquele funcionário público. Um sebo só, sua testa alumiava quando a luz do sol entrava de soslaio. E, completando o conjunto, pouco abaixo do nó, uma pérola amarela. Sua barriga não deixava o paletó abotoar, a proeminência encobria-lhe o cinto, nunca deu para perceber se era preto, combinando com o Vulcabrás de bico largo. Meias de náilon, branca ou marrom. Destoando. Tanto faz.

A patroa, além de excelente didática — fui aprovado com louvores — era uma distinta balzaquiana, cabelo negro preso em coque, *tailleurzinho* justo acentuando as cadeiras, caneta Bic daquela que ainda soltava tinta e manchava o dedo, sutiã um número menor. Óculos redondos, míope de dar dó.

Enfeitando a casa, duas lindas filhas, gêmeas, na minha faixa de idade, convívio que, de certo modo, salvou minhas férias.

Meu primeiro dia de aula chegou regado a suco de groselha. Detesto groselha, mas não teve jeito, *noblesse oblige*. Uma das gêmeas, a loura, serviu. Gostei. Do suco, não. Dela, bastante. Depois de alguns minutos, a aula correndo, comecei a sentir mal, suar frio. Tinha certeza, era a groselha. Não deu outra, a coisa foi piorando, pedi licença, fui ao banheiro. Mandei a groselha de volta.

Ao sair, olhos vermelhos, gosto de cabo de guarda-chuva na boca, a loirinha estava lá, toalha úmida na mão, um copo d'água na outra. Uma deusa de bondade. Assim começou nossa amizade, nada romântico, apenas trocamos olhares, simpáticos. Depois de uma vomitada. Groselha não é meu forte.

Durante uns dois meses, fui lá quase todos os dias, e, além das equações de segundo grau, da raiz quadrada e dos teoremas de álgebra, foi nascendo uma amizade entre nós. Da professora, nem se fala, eu a considerava minha salvação, estava aprendendo uma matéria em que, antes, boiava. E suas filhas, por elas tinha o maior carinho. Eram ótimas.

Porém, afinidade mesmo eu tive pelo velho.

Depois da aula, ele me convidava a sentar na sala, ouvir tangos e boleros em sua Thörens. Tinha uma enorme coleção de *long-plays*, que começava com Carlos Gardel, Libertad Lamarque e Sarita Montiel e terminava em Gregório Barrios, Sílvio Caldas e Nélson Gonçalves. Iniciei ali meu gosto por esse tipo de música e sigo até hoje, não sei se feliz ou infelizmente, para os que comigo convivem. Notando meu interesse, ele incentivou, os tempos eram outros. Hoje, se falamos dessa música, pensa-se logo em excentricidade. Bom mesmo é *hard* e bate-estaca. Barulho.

Numa dessas tardes, ia eu, a pé, para mais uma aula. Chegando perto da casa, notei algo estranho, gente conversando na calçada.

— O que houve?

— O velho morreu.

— Mas como? — fiquei atordoado.

Desconversaram.

Entrei.

Lá dentro, que quadro triste! A professora e as duas meninas, debruçadas sobre o pai naquele caixão cheio de flores. O velho, naquele surrado Clube Um, a gravata da cor do Juventus, e a pérola. Todas a chorar.

Meu amigo morreu.

Quando elas me viram, foi um rebu, chorei também a ouvir a senhora, soluçando, falar da retidão e da nobreza do falecido, de seu amor pelo bom homem que ali estava. Fiel, honesto. Morto. De que adianta, agora? Partiu meu coração.

Na hora do enterro, a mesma coisa. Que homem era o finado, vai ser difícil nascer outro. Deus perdeu a fôrma quando o fez, dizia a viúva. As filhas, coitadinhas, órfãs tão cedo.

Na saída, exausto e comovido, fiquei alguns minutos na porta do cemitério. Comprei um saquinho de pipoca, estava com fome, quando um senhor chegou junto ao pipoqueiro, e comentou com outro:

— Morreu quieto! Estrebuchou, soltou o corpo em cima dela... Morreu em silêncio! Deu trabalho tirá-lo de lá, chegou a reportagem, sorte que ninguém sabia quem era ele...

Meu amigo tinha morrido trepando, ou melhor, fazendo amor, num *rendez-vous* da rua Aurora...

Morte silenciosa. Feliz, nos braços de uma meretriz. Rima rica.

A professora nunca soube. Respeito.

As meninas, sim. Mas guardaram segredo.

Final

Com boa parte do caminho já percorrido, sobram certas conclusões, óbvias comparações. Nos últimos anos, tivemos uma desmedida explosão de inovações, em detrimento da liberdade das pessoas. Tal fato ocorreu devido a nós mesmos: não esqueçamos que fomos os provocadores, os inventores, os artistas, os realizadores de tais mudanças. Não havia Internet, não existia TV a cabo, computador e videocassete. Tínhamos, tão-somente, amigos, amigos de rua, de escola, de clube. Andávamos a vagar por aí e nem sempre nossos pais sabiam onde estávamos. Sabiam que estávamos seguros. Íamos à casa dos vizinhos, apertávamos a campainha, entrávamos, sozinhos, num mundo totalmente livre. Jogávamos futebol de botão, de campo, inventávamos jogos de carta, usávamos feijão para marcar os pontos. Jogávamos bolinha de gude no recreio do colégio, junto aos eucaliptos.

Quando machucávamos, destroncávamos algum osso ou amolecia um dente, ninguém denunciava ninguém, eram acidentes do cotidiano, não havia culpado. Para quê? E as janelas quebradas, os jardins pisoteados, as bolas que caíam no vizinho? Brigas, olho roxo, mesmo que doesse e restasse algum rancor, passava...

Na escola, quando íamos mal, repetia-se o ano, nada era experimental, era tudo pão-pão, queijo-queijo. Na legalidade. Ninguém passava de ano, não passando. Nossos professores eram pessoas adoravelmente insuportáveis, não davam moleza. Meus maiores problemas na escola eram chegar atrasado, mascar chicletes na aula, trocar bilhetinhos com as meninas. Ou correr demais no recreio e voltar suado.

E colar era permitido. Desde que fosse com categoria.

Ensinavam-nos que lei existe para ser cumprida, ninguém se escondia atrás do outro ou de algum subterfúgio. Se nos comportávamos mal, castigo. Quando se dizia "não", era "não"!

Ganhávamos presente no Natal e no aniversário. Só. Hoje o comércio criou várias outras datas. Diluiu o sabor de quem recebe, aumentou a despesa de quem dá.

E é incrível que tenhamos sobrevivido andando nos carros sem cinto de segurança, *air-bag* e freio ABS. Nossos remédios não tinham prazo de validade e cá estamos. Vivos. Bebíamos água da torneira, descíamos ladeiras em carros de rolimã, andávamos de bicicleta sem protetor de cabeça. Um horror! Comíamos doce, pão e manteiga à vontade, ninguém era obeso, surgia, de vez em quando, um gordinho saudável. Nem se falava em colesterol. Havia responsabilidade, a virtude maior. Sobrevivemos. Foram anos felizes.

E, agora que me enquadrei, com motivo e razão, na faixa dos sessentões, a sensibilidade atingiu seu clímax, e isso não quer dizer emoção. Estou cada vez mais ponderado.

A sensibilidade de que falo é outra, é a percepção das realidades. Estou mais hábil porque fiquei mais vivido, idade é patente. O relógio da mente bate diferente do relógio da alma. Marcam tempos desiguais; aquele, preocupado com o progresso das rugas; este, refletindo memórias, acontecimentos que se sobrepõem à eternidade, como a notícia de que havia vencido o vestibular, a ternura da primeira conquista, o dia do casamento, o nascimento dos filhos, a primeira noite na casa própria, a viagem inesquecível, a moagem da usina, sonho realizado.

Tristezas também marcaram esses dias; essas, mal as preservamos. O esforço que consome nossa lembrança insiste em olvidá-las. Esses dias foram anos que não custaram semanas, ou semanas que duraram séculos. Sei lá. Gente que passou batida apesar de figurarem muito tempo na agenda. Tristezas não pagam dívidas.

Vivido, descubro virtude nos outros que, antes, não encontrava. Ironizo quando julgo — cada um tem sua defesa — envolvo e sou envolvido. Discreto, protejo confidências. Compreendo mais que sou compreendido.

Enfim, alcanço.

Fiquei convincente, creio que até charmoso. Falo o que penso quase sempre na hora certa. Com alguma qualidade, pouca quantidade. Sou fantasioso, bom papo. Antevejo o futuro como um verso, e pouca quimera.

Mas por que tudo isso?

Pelos livros que li.

Pelos filmes que vi.

Pelas músicas que ouvi.

Pelos amigos que consegui.

Pelas tarefas que executei.

Pelas escolas em que estudei.
Pelas gafes que cometi.
Pelos tombos que levei.
Pelos amores sinceros.
Pelos dissabores dissimulados.
Pelos momentos felizes.
Pelas convicções.
Pelas dúvidas.
Pelo sim, pelo não.
Enfim, pelos meus vinte e dois mil dias vividos.